Livie PIERRE-CHARLES AZIMBAR

W0469260

Bal masqué sous les tropiques

Préface de Joseph ZOBEL

Série TROPICALIA

Editions Caribéennes

5, rue Lallier
75009 Paris

Ce roman est une pure fiction. Toute ressemblance avec des personnes existant ou ayant existé serait à mettre au compte du hasard ou d'une simple coïncidence.

PREFACE

Je dirai d'abord que ce récit est attachant par son absence de prétention littéraire, qui relève de la sincérité et du courage.

Et par la subtilité de l'analyse qu'il propose d'un cas tellement répandu qu'on inclinait à n'en parler que pour faire rire.

Mais Livie Pierre-Charles Azimbar écrit sous le coup de l'agacement, de l'indignation et de la consternation provoqués chez elle par un état d'esprit et une situation qu'on eût mieux aimé apprendre qu'ils ont existé plutôt que d'avoir ainsi le témoignage qu'ils font toujours partie de ce qu'un passé infâme, criminel et barbare a laissé en héritage à une société qui n'en finit pas d'avoir peur de la pigmentation de sa peau, confirme qu'elle n'est rien de moins que la descendance des victimes de cette infâmie, de ce crime, de cette barbarie.

Il s'agit ici de grimace, de simulation, et pourtant je ne puis m'empêcher d'évoquer des pauvres hères que jadis marginalisait une plaie ulcéreuse — que l'on dénommait par mépris : garde du corps, parce qu'aucun cataplasme de plantes de nos bois, ni aucun traitement dans nos misérables hôpitaux de chefs-lieux de cantons ne parvenaient à la cicatriser.

Le docteur Namer de ce livre, et son épouse, ont beau cacher leur plaie sous la philosophie de leur arrivisme, ils n'éviteront pas d'être en fin de compte rejetés par ceux-là mêmes dont ils briguent l'estime et les honneurs — et auxquels ils ambitionnent de s'identifier — avec la même cruauté que l'odeur d'iodoforme et les macules des pansements écartaient de la vie communautaire les pauvres bougres et les vieilles négresses auxquels était collé l'incurable « garde du corps ».

Sous la forme d'un récit soutenu par les qualités que la tradition a inculquées à ce genre qui se veut avant tout direct et populaire, ce livre est aussi un constat, dont la réalité devrait mettre en garde ceux — et celles — qui, dans la société martiniquaise, se croient assez habiles pour jouer les Gustave Namer avec plus de succès que le personnage de Livie Pierre-Charles Azimbar. Ceux au détriment de qui ils pourraient le faire sont déjà assez éclairés et affranchis pour leur retirer toutes les chances de détériorer une société que la conjoncture que nous vivons requiert, qu'elle soit debout et unanimiste, et non dispersée, rampante et débrouillardiste. Ni mal dans sa peau.

Bien que le cas qui est présenté à notre réflexion (avec la perspicacité et la lucidité d'un auteur qui se défend d'être une romancière, mais qui est femme et Martiniquaise, et sait mieux que beaucoup d'autres comment vivent les familles martiniquaises), ait été placé à une époque qui se démarque sensiblement du mode de vie qui est celui des Martiniquais au moment où l'île frémit déjà d'être en instance de subir la plus violente mutation qu'un petit pays aura eu à supporter, et bien que Livie Pierre-Charles Azimbar ait eu la prudence de déclarer que « toute ressemblance... serait à mettre au compte du hasard, etc... etc... », plus d'un se reconnaîtra dans ce « Bal masqué ». Et ceux qui y retrouveront les leurs seront certainement plus nombreux encore.

Ce ne sera donc pas le moindre mérite de Mme Pierre-Charles Azimbar d'avoir pris le risque d'écrire un livre qui, de toute façon, portera un coup à ce jeu de grimaces que la bêtise et la lâcheté ont depuis si longtemps érigé en système d'éducation.

Joseph Zobel

CHAPITRE PREMIER

De ce petit village où les jours rythmaient le temps de leur morne continuité, on accédait au chef-lieu tout proche, par une route tortueuse. Il porte le nom du Saint Patron des Charpentiers, celui qui avait accepté d'accueillir sous son toit un enfant qui n'était pas de lui, l'enfant Dieu. La rue principale du village, tortueuse elle aussi, se frayait un chemin entre deux rangées de maisons basses, comme écrasées de chaleur, qui n'abritaient qu'un simple rez-de-chaussée. Vue de loin, cette multitude de toitures formait des taches grises, roses ou d'un éclat argenté selon qu'il s'agissait de tuiles anciennes, ensevelies sous une couche de limon, de tuiles récemment posées ou de feuilles de tôle ondulée.

La seule architecture altière qui tranchait par la taille de sa façade imposante était l'église. Ah ! cette église de Saint-Joseph, lieu de culte et forum le dimanche, elle rassemblait une foule de croyants pratiquant ou simplement d'indifférents qui se contentaient de suivre sans grande conviction les habitudes religieuses qu'on leur avaient imposées durant leur enfance. Toutes les classes sociales s'y coudoyaient. On eut dit que, l'espace d'une heure, les barrières sociales avaient été remisées.

Après la messe dominicale, la foule se déversait dans la rue principale. En somme, l'église était le point de départ de cette animation hebdomadaire attendue comme une manne par les commerçants : ici l'épicerie ou plus exactement « le débit de la régie » ; tout à côté, le bar se signalait à l'attention des passants par des éclats de voix des habitués du décollage [1] qui, dans le feu d'une bruyante partie de dominos, faisaient vaciller les tables garnies de plateaux de verres au milieu desquels trônaient la bouteille de rhum et la carafe de sirop. Un peu plus loin, vers la place du marché, plusieurs voix bien timbrées haranguaient la foule avec une sorte de récitatif qui commençait invariablement par :

« Moin ni... » ou « Vini ouè... »

Sur le sol de ce marché, les monticules de gros légumes encore enrobés de terre côtoyaient les petits tas de verdure fraîche : salades, « légumes soupe », « bouquets garnis ».

Au milieu de cette cacophonie de couleurs et de rumeurs, le couteau du boucher s'engouffrait dans le silence laissé entre deux : « Moin ni... ». Quant aux « marchandes de bonbons », elles s'étaient laissé concurrencer par leurs consœurs qui, en se posant sur le parvis de l'église, avaient eu l'astucieuse idée de se rapprocher des fidèles.

A l'extrémité de la rue principale, la foule n'était plus qu'un mince filet : nombreux étaient ceux qui bifurquaient par les rues adjacentes pour regagner à pied les lointains hameaux par des voies empierrées, source de douleurs pour les pieds engoncés dans des chaussures qui ne descendaient du dessus des armoires ou des placards qu'une fois par semaine.

Tout au bout de cette rue, quelques rares passants avaient gagné la périphérie, vaste surface boisée où une très imposante demeure seigneuriale trônait en son centre ; cette demeure était entourée, sur quelque deux kilomètres, d'une ceinture de pauvres masures dont les façades lépreuses faisaient penser à un tissu élimé, rapiécé, consolidé par d'autres bouts de tissu aux couleurs discordantes. En fait, ces maisonnettes étaient constituées d'un entrelacs de feuilles de cocotiers tressées, clouées sur des planches disjointes qui supportaient par endroits des lattes de bambous. Deux minuscules fenêtres, et deux portes qu'il fallait franchir en baissant la tête étaient généralement aménagées sur les façades opposées. Elles faisaient office d'aérateurs.

On devinait à peine l'existence de misérables bicoques dissimulées sous le dense ramage des manguiers qui semblaient s'être concertés pour cacher cette ceinture de laideur. Ainsi la misère se profilait derrière la rangée d'arbres qui masquaient cet îlot de désolation au regard des passants. Nul ne pouvait supposer l'existence de cette détresse.

Situées à bonne distance de la maison seigneuriale, ces masures abritaient une population de domestiques.

Des familles s'entassaient dans cet espace scindé en deux, rarement en trois pièces. Quelles étaient leurs sources de revenus ? Les maigres gages des employeurs, les miettes tombées de leur table à l'occasion d'un festin, et, en complément, les produits du jardinage et du petit élevage avicole pratiqués sur les quelques mètres carrés.

Pour faire l'appoint, les hommes, concubins ou amants de passage, se livraient épisodiquement à quelque menus travaux de maçonnerie, de plomberie, ou participaient à des « coups de main », comme par exemple la traditionnelle tuerie du cochon de Noël.

C'est dans cette rangée de petites cases peureusement tapies sous l'alignement feuillu des manguiers, que le petit Gustave Namer vit le jour en 1926. Son premier cri de nourrisson retentit donc dans une Martinique coloniale qui, vingt ans plus tard, aborderait un autre tournant de son histoire.

Gustave occupait la troisième place dans cette famille composée d'une bonne dizaine de bouches à nourrir. Lourde besogne pour son infatigable mère, Charlotte, tenaillée par la nécessité de pourvoir aux besoins de cette floppée d'enfants ; elle parcourait des kilomètres dans la journée sur un minuscule espace où étaient disposés les points clés de son activité : le clapier, le poulailler, le débit de la régie, achalandé surtout lors de la paye du samedi ; la grande cuve où s'attardait une lessive qui n'en finissait pas de « tremper » ; enfin, les fourneaux ou plus précisément les « tessons » à charbon qui supportaient d'énormes marmites, et dans celles-ci, la plupart du temps, cuisaient des triangles de fruits à pain recouverts d'épluchures et surmontés d'une couche de morue, quand ce n'étaient pas des haricots rouges truffés de lardons découpés dans des morceaux de viande de porc salée.

Un tel genre de vie donnait le tournis à son mari, le père d'une fraction majoritaire de la progéniture — les huit dixièmes plus précisément — peu doué qu'il était pour soutenir un tel rythme. Quelquefois, à bout d'énergie, il se réfugiait dans un simple rôle de spectateur. Il suivait les événements de loin en loin, en avançant comme prétexte le fardeau que son métier de chauffeur occasionnel lui imposait ; il partait en quête de la compagnie apaisante d'une « matador » en herbe, désireuse de se faire rétribuer ses charmes. C'est ainsi que le père du petit Gustave, soutien sporadique de la nichée, avait comme Janus, deux visages : l'un tourné vers la nombreuse famille, l'autre vers ses maîtresses qu'il se plaisait à véhiculer surtout le soir à l'époque des fêtes patronales, aux prix d'incroyables acrobaties. La petite promenade nocturne dans la camionnette de livraison de son patron (empruntée en cachette par ailleurs), était le suprême bonheur qu'il pût offrir à ses belles de nuit. De temps en temps, celles-ci ne dédaignaient pas une petite récompense en argent. Toutes ces prodigalités conféraient à Etienne l'allure d'un mâle fringant qui avait pris le parti d'occulter sa vie de misère en batifolant à droite et à gauche.

Il fallait en effet être doté d'un courage à toute épreuve pour oser assumer une telle charge : une marmaille piaillant, piaffant, qu'il fallait élever avec un salaire dérisoire. Accomplir de telles prouesses était au-dessus de ses forces ; mieux valait abandonner cette charge à celle qui voulait bien l'endosser, en l'occurrence Charlotte. Pauvre Charlotte ! Levée aux aurores, couchée au petit matin, tournoyant sans relâche dans sa case de terre battue, affairée, viscéralement imprégnée de son devoir maternel, faisant front pour élever une progéniture de dix enfants, Etienne lui ayant délégué ses pouvoirs pour prendre en charge ceux — les huit — qui étaient de lui. Dix enfants ! Elever une telle population dans ce contexte tenait déjà du miracle. Et pourtant, cette maîtresse femme caressait de surcroît le secret espoir d'en faire des « gens de bien ». L'enjeu était de taille.

Quant à la nombreuse marmaille de la maisonnée, habituée au spectacle des sacrifices maternels, elle les considérait comme allant de soi. Chacun des dix enfants participait sans rechigner aux travaux domestiques, même si cela empiétait sur le temps consacré aux jeux avec les petits voisins : confection de poupées de chiffons et jeux à la marelle pour les filles ; chasse à l'arbalète, jeux de billes, de cerfs-volants et surtout les inévitables matches de football pour les garçons.

Il arrivait d'ailleurs qu'au cours de ces matches, pour peu qu'un énergique coup de pied eût assigné au ballon une trajectoire imprévisible, que celui-ci allât élire domicile sur le gazon fraîchement tondu des riches et puissants voisins : la famille Fortebelle. C'est ce qui arriva à l'orée des vacances scolaires. La consternation saisit aussitôt l'équipe qui redoutait d'avoir causé des dégâts chez le voisin dont les représailles à l'encontre des petits turbulents et de leurs parents n'allaient pas tarder. Mais les gamins appréhendaient surtout la perte de l'objet si cher, confectionné avec des matériaux de fortune, fruit de leur ingéniosité dans un contexte de pénurie.

Il fallait à tout prix récupérer le ballon et poursuivre la partie chaudement entamée. Le petit Emmanuel, benjamin de la bande, fils d'Edmonise, la corpulente marchande de pistaches, lança une idée qui allait rallier les suffrages : désigner le garçon le plus leste, le plus agile et le plus adroit pour grimper à l'arbre se trouvant contre la clôture qui entourait la villa des Fortebelle. Gustave Namer fut choisi à l'unanimité en raison de sa sveltesse et surtout de sa vélocité qui lui valait d'être fréquemment le champion des compétitions qui figuraient dans la panoplie des jeux organisés par la bande.

Voulant se faire valoir aux yeux de ses camarades, Gustave escalada sans hésiter l'arbre mitoyen avec une souplesse remarquable, et se retrouva au sommet. De sa position, il put avoir une vue dominante de son quartier immédiat. Il en conçut à l'instant même un sentiment de supériorité : il était le seul à ce moment-là à pouvoir embrasser du regard ce que les autres ignoraient. De plus, le plébiscite qui l'avait porté au faîte de l'arbre lui avait donné la conscience encore confuse et balbutiante de sa valeur intrinsèque. Gustave s'acquitta de la tâche qu'on lui avait confiée avec beaucoup d'application : son œil de lynx lui permit de débusquer le ballon à moitié enfoui sous un hibiscus taillé en forme de panier. Il descendit de l'arbre, s'empara du ballon, le pressa amoureusement contre sa poitrine comme pour savourer les délices d'une victoire, grimpa à nouveau puis le lança aux autres qui l'attendaient impatiemment de l'autre côté de la lisière.

Pas un membre de la famille Fortebelle ne l'avait aperçu, car il avait su profiter de la complicité des arbres séculaires aux troncs énormes qui peuplaient l'espace situé entre la véranda et la clôture.

Accueilli par les vivats de ses camarades de jeu, Gustave reprit sa place dans l'équipe et la partie continua de plus belle jusqu'à la tombée du jour.

Après son ascension aux plus hautes branches du manguier, il s'était passé, dans sa tête de gamin de dix ans, quelque chose que rien ne laissait deviner. Peu de jours après, l'équipe le sollicita pour occuper le poste de gardien de but. Il se fit prier puis acquiesça du bout des lèvres. Puis, on ne le revit plus à la rentrée d'octobre, occupé qu'il était à rédiger ses devoirs et à étudier ses leçons. Ces activités studieuses se déroulaient plutôt le soir à la lueur d'une lampe à pétrole, boîte de conserve cylindrique confectionnée par le père Grégoire, ferblantier de profession qui habitait deux cases plus loin. Cette lampe à pétrole — dépourvue de verre — dégageait une chaleur accompagnée d'une fumée qui déposait une pellicule de suie dans toute la pièce.

Deux de ses sœurs cadettes lui tenaient compagnie quelquefois, mais préféraient, comme la plupart des autres gamins, accorder leur préférence aux jeux extérieurs.

Gustave, lui, avait pris la décision de composer avec la chaleur et la suie. Il s'en moquait bien, car une seule chose importait pour lui : travailler pour mériter les compliments de son institutrice, Mme Ferdunat, auxquels il était particulièrement sensible.

Cette dame au chignon grisonnant était très contente de cet élève qu'elle gardait souvent le soir après la classe, pour lui fournir des explications complémentaires sur tel ou tel point de la leçon qu'il n'aurait pas compris. Elle prenait plaisir à dire qu'il faisait très sérieux pour son âge. Elle le récompensait de ses bons résultats en lui offrant parfois des vêtements qu'avaient portés ses fils et qui pouvaient encore faire de l'usage.

S'enfermant peu à peu dans une studieuse solitude, Gustave prit l'habitude de se réfugier chaque jeudi matin, après les cours d'instruction religieuse, dans ce qui allait devenir son jardin secret, son paradis solitaire : une cache aménagée au sommet de ce manguier qu'il avait découvert par hasard à la faveur d'une partie de football. Il avait définitivement tiré un trait sur ces jeux, les avait rayés pour ainsi dire de son univers au profit d'un séjour aérien d'où il pouvait tout voir sans être vu, épier, observer et surtout dominer les autres du regard. Enfin, il pouvait observer à loisir tout ce qui se passait chez les Fortebelle.

Ceux-ci, descendants d'une riche famille de colons, détenaient les leviers de commande de l'économie locale, avec une distillerie, une conserverie d'ananas, d'immenses champs de canne et d'ananas, le tout assorti de pâturages avec un nombreux cheptel. Certes le petit Gustave avait ouï dire que son père était conducteur d'engins chez les Fortebelle, et que sa mère allait les jours de grande réception prêter main-forte au personnel de la cuisine des Fortebelle.

Mais ces informations lui parvenaient comme de vagues rumeurs inconsistantes parce que non incarnées dans ces actions auxquelles ses parents auraient assisté.

Il lui avait fallu gagner les hauteurs de son ermitage pour mieux comprendre, après s'être évadé de son médiocre univers de terre battue.

De son repaire, il eut la révélation que l'opulence de ces voisins contrastait singulièrement avec l'indigence dans laquelle lui-même, sa mère, son arrière grand-mère avaient vécu dès leur naissance.

Il écarquillait les yeux en découvrant les berceuses, les méridiennes, les guéridons, les consoles qui meublaient les salons et salles à manger de ses riches voisins. S'il ignorait le nom de ces différentes pièces de mobilier, il n'en gravait pas moins leur forme dans sa mémoire.

Une armée de domestiques, gardiennes et gouvernantes munies les unes d'un tablier de grosse toile bleue — c'étaient les cuisinières — les autres d'un tablier blanc bordé de dentelles, s'affairait à l'heure des repas autour de la table des adultes à l'intérieur, puis autour de celle des enfants, généralement dressée à l'extérieur sur la véranda au carrelage rose brique. Il était ébloui par le décor de la table avec ses assiettes en porcelaine à filets dorés, ses couverts et timbales en argent, lui qui était habitué à se servir de ses doigts pour porter à la bouche une bouillie de grossiers légumes posée sur une écuelle en terre cuite ou en aluminium cabossé.

Un si grand contraste marqua le jeune Gustave pour la vie. Il se garda bien de s'en ouvrir à sa mère qui était pourtant sa confidente. Mais celle-ci en avait-elle vraiment le temps ?

Il garda jalousement son secret. Et régulièrement il retrouvait un autre spectacle que celui de sa misère, ce qui, loin de le décourager et d'engendrer en lui aigreur et amertume, faisait germer dans son for intérieur les graines de l'ambition. Cette contemplation silencieuse l'amena à faire une découverte qui allait le plonger dans la plus grande perplexité : il ne tarda pas à s'apercevoir que la ligne de démarcation économique entre lui et ses voisins, se superposait à une autre : la couleur de la peau : blanc d'un côté, noir de l'autre.

Les prouesses scolaires de Gustave lui valurent un brillant succès à l'examen des bourses. Pour réussir à un examen aussi difficile à l'époque, il fallait emmagasiner un volume de notions rébarbatives et en apparence incongrues : accord du participe passé conjugué avec être et avoir ; formule de la surface du trapèze, liste des chefs-lieux et des départements de France à réciter par cœur ; noms des encyclopédistes, etc., etc. Tout cela devait tenir dans une petite tête de douze ans portée par un jeune corps, essentiellement nourri de racines cuites : ignames, choux de chine avec de loin en loin un mince apport protidique. C'est là qu'on mesure tout le pari audacieux d'un avocat, Clavius Marius [2], conseiller général à la fin du XIXe siècle, qui avait pressenti que des bourgeons d'intelligence, à l'instar de Gustave, allaient pouvoir s'épanouir et éclore sur l'humus de l'école-laïque-gratuite-obligatoire.

Muni de ce diplôme qui venait de couronner tant d'efforts opiniâtres, Gustave était devenu l'objet de l'attention presque exclusive de sa mère. Elle en était très fière. Son père, lui, salua l'événement avec une certaine indifférence, car il ne tenait pas à manifester sa joie de façon intempestive à l'occasion d'un bonheur dont il n'avait pas été l'artisan.

Gustave devint le point de convergence de tous les regards, les uns teintés d'admiration, les autres de jalousie ; il comprit vite que toute réussite sociale impose ses lois, et saisir leur fonctionnement est un atout supplémentaire.

La période des vacances scolaires s'écoula sans soubresauts majeurs. Chacun dans le quartier sentait bien que ce succès marquait une étape dans la vie des Namer. Mais la précarité des moyens d'existence ne permettant pas toujours de nourrir des ambitions de ce fait irréalistes, chacun pensait que les cours complémentaires du bourg suffiraient à l'épanouissement des dispositions intellectuelles déjà si affirmées chez Gustave, d'autant que son frère aîné s'y trouvait déjà.

Tout le monde se faisait à cette idée. Tout le monde, mais pas sa mère. Charlotte convoitait pour son fils bien autre chose, et quoi donc ? Le lycée... le lycée Schoelcher, l'unique lycée de la Martinique situé dans la capitale de l'île, à Fort-de-France.

Mais où avait-elle bien pu en entendre parler ? Avait-elle pris la peine d'évaluer ce que cette ambition impliquait : non seulement un déracinement social mais toute une kyrielle de dispositions matérielles qui ne manqueraient pas d'avoir des répercussions sur le train de vie de la famille ?

Etait-ce de l'irréalisme, de la folie ou simplement une volonté farouche de tenir en échec le fatalisme qu'engendre la misère ?

Habituée à se saigner aux quatre veines, Charlotte était prête à ne reculer devant aucun sacrifice. De plus, elle était stimulée par les provocations d'une de ses rivales dont le fils, mulâtre bon teint, avait obtenu une place de commis fort honorable chez un béké [3] du Gros Morne.

Gustave, lui, acquiesçait intérieurement aux décisions que sa mère prenait en se parlant toute seule, car il brûlait d'envie de voir autre chose que le cours complémentaire dont l'édifice délabré avait provoqué chez lui quelque répulsion.

C'est ainsi qu'il exulta quand il apprit que sa mère, pour accroître ses revenus, avait décidé d'offrir ses services à temps plein chez les Fortebelle, pour s'acquitter de travaux de lessive et de repassage en dépit de ses lourdes tâches domestiques. Elle pouvait après tout s'en décharger sur une partie de la marmaille qui était en âge d'assurer partiellement la relève.

Cette proposition reçut l'agrément de Mme Fortebelle, la maigre rétribution d'une employée supplémentaire n'étant pas de nature à compromettre l'équilibre de son budget. Pour Charlotte, ce fut un tournant dans son existence. Elle était parvenue à mettre en place une stratégie qui lui permettrait de réaliser ses ambitions. Désormais, la voie que Gustave devait prendre en direction du Lycée Schoelcher était toute tracée.

Charlotte et son fils caressaient intimement le même désir sans s'être consultés, chacun, il est vrai, pour des motifs différents mais ayant probablement la même origine profonde : sortir de leur misérable condition. Ces deux êtres que tout semblait rapprocher se tenaient à bonne distance dès qu'il s'agissait de communiquer leurs pensées secrètes.

Etaient-ils gênés par une certaine pudeur, une certaine réserve face à leur téméraire projet ? Avaient-ils peur de s'avouer qu'ils se posaient en redoutables insoumis dans une société insulaire pétrie de pesanteurs sociologiques et économiques ?

CHAPITRE II

Gustave devait faire son entrée au Lycée Schoelcher un 1er octobre 1938. Très tôt le matin, aux environs de 4 h 30, il fut sorti de son lit par sa mère. Anxieuse en ce grand jour, elle avait choisi d'écourter le sommeil de son fils par peur de rater l'autobus, très matinal lui aussi. Pour une fois qu'elle avait demandé et obtenu une permission de sa patronne, il ne fallait à aucun prix perdre le bénéfice de cette autorisation par un malencontreux retard. Gustave, lui, n'eut pas vraiment à sortir de son sommeil. Car de sommeil, il n'en eut guère cette nuit-là, son énergie mentale ayant été mobilisée pour imaginer ce que serait sa nouvelle vie. Une chose était sûre : il quittait sans regret le paquet de hardes amoncelées pêle-mêle sur un treillis de planches en guise de matelas. Se servant tour à tour de l'unique cuvette de la maison qui servait aux ablutions, ils s'humectèrent les parties du corps par lesquelles on estime une toilette correctement faite. Elle était toujours là cette hantise de rater l'autobus. Il fallait faire vite. Le petit café chaud du matin répandit son arôme tonifiant dans la maison au risque de réveiller les autres dormeurs.

Ils furent bientôt prêts. Le corps élancé de Charlotte était revêtu d'une robe en cotonnade dont les motifs s'étaient faits discrets après avoir pâli sous l'effet du soleil qui les avait embrasées sur le rocher de la rivière. Mais ces couleurs avachies contrastaient avec la farouche détermination qui habitait cette femme svelte, au regard perçant. Ses mains et ses jambes sillonnées de veines noueuses portaient des signes de délabrement physique qui ne pouvaient être assimilés aux premières manifestations de la sénescence. Mais sa vivacité était intacte, et elle pouvait se montrer à la fois sur tous les champs de bataille. Ses pieds prirent place dans des savates, sortes de chaussures à lanières qui émettaient un claquement cadencé et signalaient à l'oreille qu'aucune bride arrière ne retenait les talons. Une coiffe en madras devait terminer cette sobre toilette en dissimulant « les petites nattes » qui, ce matin-là, n'avaient pas eu le temps de recevoir la visite du peigne.

Gustave, lui, était plus recherché dans sa mise. Charlotte, pour marquer l'événement, lui avait confectionné deux chemisettes et deux culottes, les premières en cotonnade et les secondes dans une pièce de tissu kaki achetée à crédit « chez le Syrien » qui tenait boutique au bourg. Ses petites économies mises bout à bout n'avaient pas suffi à couvrir ces frais vestimentaires. Mais elle avait promis de s'en acquitter, et le marchand qui la connaissait de réputation : femme sérieuse, travailleuse, courageuse, lui donna crédit. Les bottines neuves de Gustave sortaient du même magasin avec les mêmes modalités d'achat. Bien que montantes, ces chaussures n'arrivaient pas cependant à masquer les quelques pustules qui cloutaient la peau de ses jambes.

Bip... Bip... Bip... Par son klaxon, l'autobus signalait son arrivée en serpentant les chemins encore déserts conduisant au bourg, où se trouvait le groupe le plus important de ceux qui l'attendaient dans l'opacité argentée du petit matin.

D'un bond, Charlotte empoigna la petite valise qui contenait les vêtements de Gustave et se rua à l'extérieur, précédant de quelques minutes l'autobus qui s'arrêta à sa hauteur. Gustave la suivit dans le même élan, la main droite alourdie par un cartable garni de livres que lui avaient prêtés, à toutes fins utiles, Mme Ferdunat et

M. Pideuil, le directeur d'école. Au nombre de ces documents jaunis par le temps, usés par les générations qui s'en étaient servies, figuraient l'histoire de France de Lavisse, le Français par les textes de Dumas, sans parler des livres d'arithmétique et de leurs énigmes de robinets qui coulaient sans fin au grand dam des écoliers.

La mère et le fils auraient pu occuper les premières places de cet autobus encore vide. Mais par une sorte de retenue et surtout pour se conformer à un accord tacite selon lequel les places de devant étaient réservées aux notables du village, Charlotte préféra se diriger vers l'arrière où s'asseyaient régulièrement les marchandes de légumes et tous ceux qui estimaient que leurs places étaient là.

En toute humilité, Charlotte perçut qu'en sa qualité de ressortissante de la gent ancillaire, l'heure n'était pas encore venue de gravir les échelons de la société dans l'espace réduit d'un autobus. L'essentiel pour elle, à ce moment-là, était de s'embarquer pour la ville. La vingtaine de places ayant été occupées à la hauteur de l'église, l'autobus s'ébranla dans un vombrissement de moteur et dans le craquement de sa carrosserie en bois qui semblait avoir du mal à supporter le poids des occupants et celui des paniers de légumes entassés sur le toit. Peu habitués à quitter leur environnement communal, Charlotte et plus encore Gustave sentaient avec anxiété qu'ils allaient affronter l'inconnu.

Toussant, cahotant, fumant, l'autobus s'engagea enfin dans les méandres d'une route empierrée parsemée d'ornières. Deux sentiments pouvaient s'observer chez les voyageurs : la peur de le voir basculer et la confiance paisible des habitués qui savaient qu'il ne se passerait rien. Aussi étaient-ils scindés en deux groupes : les uns, silencieux, somnolaient ou retenaient leur souffle en priant intérieurement ; les autres, bavards, commentaient dans un créole pimenté, les faits divers survenus dans leur voisinage.

Charlotte et Gustave, muets de peur et de timidité, s'étaient réfugiés dans une commune pensée : de quoi demain serait fait. Ils étaient mentalement éloignés des deux groupes. Enfin l'autobus arriva à destination. C'était la gare routière du Parc Galliéni situé à proximité du marché aux poissons, qui exhalait l'odeur forte des arrivages de la dernière marée. Tout le monde descendit. Ils furent les derniers à quitter l'autobus. Pour eux, tout commençait là : quel itinéraire emprunter pour parvenir au Lycée Schoelcher ? Auprès de qui se renseigner ? A quelle distance se trouvaient-ils de cette école qui dans leur imagination avait pris les dimensions d'un monument gigantesque ? Autant de questions qui se bousculaient dans leur tête.

Soudain, Charlotte avisa un petit bistrot où plusieurs clients étaient attablés autour d'un décollage. Elle s'en approcha pour obtenir quelque lumière, mais elle n'avait pas frappé à la bonne porte. Ces consommateurs dont l'accoutrement attestait qu'ils exerçaient les fonctions de « pousseurs de cabrouets », se situaient à des années-lumière de toute préoccupation intellectuelle. Ils ne purent lui être d'aucun secours ; Charlotte ressentit sa première déception devant l'ignorance affichée par cette joviale compagnie de buveurs.

Elle se mit à marcher au hasard, suivie de Gustave. Les mêmes questions posées à un, à deux puis à trois passants, furent tout aussi infructueuses. Le découragement ne tarda pas à s'emparer du futur petit lycéen qui mesurait, à travers ces réponses négatives, les profondeurs abyssales du milieu hostile dans lequel il venait de plonger : cette ville bruyante ne présageait rien de bon. Il se mit à regretter son petit village où la vie semblait si douce à l'ombre du manguier mitoyen des Fortebelle. Charlotte, aguerrie par les mille et un obstacles qu'elle avait surmontés dans sa vie de quadragénaire, ne s'avouait pas vaincue pour autant. Elle en avait bien vu d'autres. Elle s'adossa un instant à l'un de ces énormes troncs de « pied fruit »[4] longeant le canal Levassor, histoire de reprendre son souffle et ses esprits.

Elle analysa du regard chacun des passants qui la frôlaient en se rendant à leur travail. Son intuition la dirigea vers un monsieur portant veste et cravate, coiffé d'un chapeau panama à larges bords. C'était un fonctionnaire municipal qui, du rebord du trottoir, contrôlait discrètement la mise en route du marché aux premières heures de la journée. Elle s'approcha de lui. Gustave, pressentant peut-être une nouvele réponse négative, avait préféré la compagnie de l'arbre.

Charlotte, avec une témérité polie qui lui valut l'attention de l'agent municipal, obtint avec toute la précision souhaitable les renseignements qu'elle attendait. Elle fut frappée par la gentillesse de cet homme et se confondit en remerciements. Son visage, illuminé d'un large sourire de satisfaction, fit renaître l'espoir en Gustave qui avait suivi de loin les gestes explicatifs du fonctionnaire : « Longez la rive gauche de la rivière jusqu'à l'abattoir municipal. Ensuite, en tournant à droite, vous gravirez une petite côte ; vous vous arrêterez en face de plusieurs corps de bâtiments peints en jaune et reliés entre eux par des escaliers. Vous verrez l'inscription *Lycée Schoelcher.* Cette dernière précision importait peu à Charlotte qui, ne sachant pas lire, confierait à son fils le soin de décoder l'inscription. Dès que l'itinéraire lui fut indiqué, elle pensa que la providence s'était manifestée.

D'une main, elle saisit Gustave, de l'autre la petite valise, puis hâta le pas, car quelques bonnes minutes s'étaient écoulées depuis qu'ils avaient quitté l'autobus. La hantise d'un retard la tenaillait à nouveau : il ne fallait surtout pas arriver après l'heure dans cet établissement dont l'existence avait pris forme dans sa pensée après les explications de l'agent municipal.

Enfin, ils arrivèrent au pied de deux imposants escaliers convergeant vers un bureau central situé un peu en retrait de la grille de l'entrée principale.

— Ce doit être ici, murmura Charlotte à son fils.

Elle n'eut plus aucun doute lorsqu'elle vit arriver un flot de garçons, les uns petits gamins, les autres adolescents, qui conversaient gravement ou plaisantaient en évoquant les souvenirs de vacances émaillés de prouesses sportives. Ils arrivaient pour la plupart à pied, par bandes successives, certains coiffés de leur casque colonial, et presque tous vêtus de costumes bourgeois. Quelques rares élèves descendaient de voitures ; c'étaient les fils des négociants et notables de la ville, les seuls à pouvoir bénéficier de ce confort.

Charlotte s'était mise un peu à l'écart pour mieux se faire une idée de la direction à prendre. Elle tenait toujours Gustave par la main tel un enfant sage que l'on conduit à sa première communion.

Elle s'aperçut bien vite que « les grands élèves » gagnaient leur salle de classe d'un pas ferme et assuré, en véritables habitués qu'ils étaient. Les petits nouveaux, eux, s'agglutinaient dans un coin de la cour, sous le soleil de huit heures, en attendant que l'on vienne s'occuper d'eux.

Huit heures, c'était l'heure où les premières contractions d'un estomac vide se manifestèrent, assorties de borborygmes sonores ; Charlotte et Gustave eurent droit à ce rappel physiologique, mais ils firent semblant de ne pas s'en apercevoir. Ils étaient tous deux suspendus à l'appel des élèves que martelait le surveillant d'externat venu faire un sort aux nouveaux.

— Gustave Namer ! lança le surveillant.

Mais Gustave ne réagit pas. Il était comme pétrifié par tout ce qui se passait autour de lui.

— Gustave Namer ! reprit-il avec impatience.

Gustave sursauta puis s'avança penaud en se détachant du groupe.

— Vous n'entendez pas votre nom, dit-il d'un ton sévère. Dépêchez-vous, allez en salle 14 !

Eberlué, Gustave se dirigea tel un automate vers la salle 14. Sa mère le regarda s'éloigner ; quelques larmes vinrent lui obscurcir la vue qu'elle essuya du dos de la main.

Ainsi le cordon ombilical fut coupé d'une façon brutale et cruelle .

Dans cet univers de murs aux couleurs claires, de salles aux plafonds très hauts, le petit Gustave se sentit perdu. Il devint un numéro parmi d'autres, un élément anonyme enkysté dans une masse qui lui semblait hostile. Il en fut troublé au point d'en oublier son nom une deuxième fois. Aussi le surveillant d'internat, chargé de contrôler les présences, dut-il l'appeler avec insistance pour enfin le découvrir recroquevillé sur son banc au fond de la salle, balançant ses petites jambes embottinées qui ne parvenaient pas à toucher le sol.

Salle 14, lit n° 12, casier n° 18, 22e de la liste alphabétique. Ces douze premières heures, fertiles en émotions pour un petit campagnard, allaient se terminer sur le lit de l'internat ; un vrai lit cependant, où le sommeil allait dissiper puis anéantir les péripéties qu'il venait de vivre.

Pendant tout le mois d'octobre et jusqu'à la Toussaint,

Gustave, intimidé, voire complexé, ne se départit pas d'une certaine réserve, et se tint à l'écart des autres : au réfectoire, dans la salle de classe, dans la cour de récréation.

Toujours peureux, se tenant sur ses gardes, il jugeait préférable de prolonger sa période d'observation. Pour les autres élèves, son attitude était celle de celui qui ne se sent pas à sa place. Les sarcasmes ne tardèrent pas à pleuvoir ; Gustave était devenu le souffre-douleur des autres, d'autant que les pustules sur ses jambes tardaient à disparaître. Il supportait stoïquement l'épreuve, s'étant fabriqué une carapace à l'intérieur de laquelle il s'entretenait avec ses livres.

Les professeurs n'avaient pas semblé le remarquer tant il se faisait petit dans la salle de classe. Les notes qu'il obtenait pour ses travaux écrits n'avaient pas retenu l'attention. Se situant dans une bonne moyenne, elles ne l'avaient pas sorti de l'anonymat dans lequel les uns et les autres l'avaient enfermé.

Arrivèrent les vacances de la Toussaint. L'internat se vida et Gustave regagna la maisonnette familiale. Charlotte avait mandaté une marchande pour le quérir à la porte du lycée et le conduire jusqu'au seuil du logis. Les frais de transport étaient supportés par cette dame qui acceptait d'en faire l'avance, sûre du remboursement qui interviendrait dès que serait versée la bourse de Gustave.

Sitôt qu'il fit son apparition dans l'encadrement de la porte, Gustave fut accueilli par un affectueux « Ça ou fait iche moin [5] ? »

Ses frères et sœurs firent un cercle autour de lui, le regardant comme un héros qui venait de loin et dont on était resté longtemps sans nouvelles.

Gustave regarda successivement la marmite bouillante de laquelle dépassaient des pelures de fruits à pain ; les hardes qui séchaient au soleil ; les escabeaux branlants placés autour de la table, et tout d'un coup, il réalisa, à quel point, cet univers sordide qui avait été le sien jusque-là, tranchait avec celui du lycée. S'étant déshabillé puis revêtu d'une chemisette élimée et d'un short trop serré, il céda aux sollicitations des petits voisins venus le chercher pour une partie de football. Il s'y rendit mais le cœur n'y était pas. Il préféra un peu plus tard retrouver le sommet du manguier, et là, il eut conscience, de manière encore confuse, du changement qui s'était opéré en lui. Rien ne serait plus comme avant, du moins en avait-il une vague intuition.

Ce séjour dans la chaude tendresse familiale lui fut pourtant bénéfique, car de son retour au lycée quelques jours après, il sentit qu'il avait fait provision d'assurance et de sérénité. Les résultats s'en ressentirent. Il savait toujours par cœur les résumés de sciences, d'histoire et de géographie ; les bonnes notes obtenues en dictées et surtout en mathématiques provoquèrent l'étonnement des professeurs. Sa seule faiblesse se situait en rédaction car il était loin de maîtriser les nuances et les subtilités de la langue française.

Les progrès allèrent croissant jusqu'à Noël. « Elève studieux. Résultats satisfaisants », telle fut l'appréciation générale du proviseur sur son premier bulletin trimestriel.

Le second retour au bercail à la faveur des fêtes de la Nativité lui permit de s'ébrouer à nouveau. Partageant son temps entre la lecture méditative et silencieuse au sommet du manguier, les tâches domestiques, les rares parties de football ou de cueillette de fruits sauvages, Gustave s'était créé un équilibre dont il était le seul à tirer profit.

Le paiement de sa bourse avait donné à sa mère les

moyens de compléter son trousseau et surtout de le faire soigner pour hâter la cicatrisation de ses pustules, ce que d'ailleurs favorisait la nourriture de meilleure qualité qui lui était servie à l'internat du lycée.

Le second trimestre confirma ses performances scolaires. Toujours besogneux en français, il obtenait par contre des résultats fulgurants en mathématiques. La brillante percée qu'il effectua dans cette discipline lui valut tout d'abord l'arrêt des sarcasmes, puis enfin le respect de ses camarades qui jugèrent préférable de se concilier sa bienveillance, afin d'obtenir de lui les solutions aux problèmes dont les difficultés se corsaient à mesure que l'année avançait.

Ceux qui l'avaient méprisé au début, autrement dit la majorité de la classe, dépêchèrent un émissaire auprès du « fort en math » pour juger de la température de l'accueil qui pouvait leur être réservé. Le choix de ces derniers s'était porté sur Yvon, le fils d'un employé de commerce. Investi d'une mission d'ambassadeur, Yvon s'en acquitta fort bien. Il fit part de ses impressions à ses mandants et les rassura en leur disant que Gustave n'était ni plus ni moins différent d'eux.

Garçon sage et réservé, peu enclin à participer aux jeux violents, Gustave était lui-même désireux de s'intégrer au groupe. Le portrait qu'Yvon avait tracé de lui se révéla somme toute flatteur pour le petit campagnard qu'il était encore. Quoique un peu gauche et maladroit dans ses gestes, il accepta de fournir quelques explications à l'un et à l'autre. Il réalisa petit à petit qu'il exerçait ainsi des fonctions tutorales. Le rapport de force à l'intérieur du groupe s'en trouva profondément modifié et Gustave en prit rapidement conscience : les camarades empressés autour de lui n'étaient à ses yeux que de pauvres quémandeurs d'explications. Celles-ci leur furent désormais distribuées fort parcimonieusement, Gustave ayant pris le parti de les inférioriser en leur faisant l'aumône de sa science qu'il savait étendue en mathématiques. C'était sa manière à lui d'asservir les autres, de les acculer au respect.

Cette première victoire psychologique lui procura d'intenses joies intérieures.

Quant aux professeurs, il avait forcé leur admiration. Il avait réussi à se faire admettre dans la catégorie des brillants élèves.

Gustave eut la finesse d'avoir le triomphe modeste. Il ne pavoisait jamais afin de ne pas indisposer un corps professoral peu enclin à faire des éloges appuyés à ce petit campagnard venu ravir les premières places aux petits bourgeois de la ville. Durant les sept années qui vont suivre, Gustave accédera sans coup férir aux classes supérieures jusqu'à la terminale. Pendant ces sept années, il va peu à peu acquérir le savoir-vivre et l'assurance de ses camarades issus de classes aisées.

Quelles prouesses n'a-t-il pas dû accomplir ! C'est à croire que Dame Nature l'avait gratifié d'une extraordinaire robustesse pour survivre à l'effroyable misère qui s'était abattue sur l'île à l'époque de l'Amiral Robert. Certains avaient cru pouvoir trouver leur salut dans la fuite en partant « en dissidence » ; d'autres avaient été fauchés par la fièvre typhoïde. Mais lui par contre, avait bravé tous les mauvais coups du sort.

Régulièrement récompensé par le prix d'excellence, il n'avait pas toujours l'occasion de se présenter à la distribution des prix qui clôturait l'année scolaire. Charlotte ne pouvait pas le plus souvent lui payer un costume décent pour affronter la foule endimanchée de cette solennelle cérémonie. La bourse ne pouvait tout faire. Toutefois, la dernière année, pour saluer son départ du lycée après un éclatant succès au baccalauréat de la série « mathématiques élémentaires », avec mention bien, Gustave se présenta à la distribution des prix avec la chemisette de son père et le pantalon de son frère aîné ; son allure distinguée lui venait surtout de la cravate paternelle et des chaussures neuves qu'il s'était achetées la veille. Il est vrai qu'entre-temps, Gustave était devenu un fringant jeune homme.

CHAPITRE III

Que faire à la Martinique en 1945, après le baccalauréat quand on est pauvre et issu d'une famille nombreuse ?

Le bon sens commandait de trouver un emploi dans les plus courts délais. Alors commença pour Gustave une longue période de pérégrinations. Son directeur d'école avec qui il avait gardé d'excellentes relations et qui était très fier de lui, le prit sous son aile protectrice. Mais hélas, l'intervention de M. Pideuil auprès du Service de l'Instruction Publique pour lui obtenir un poste d'instituteur remplaçant, resta sans effet.

Gustave ne se découragea pas pour autant. Sa quête d'un travail le conduisit dans un secteur de la ville où le négoce allait bon train. Après quelques tentatives infructueuses, il offrit ses services à un des négociants du « bord de mer », M. de Torfan, un blanc créole, portant lunettes d'écaille et lavallière. Pour convaincre ce dernier de la nécessité de l'embaucher, il lui avait fallu brandir son titre de bachelier en mathématiques.

L'énoncé de ce diplôme, apprécié pour l'époque, exerça sur de Torfan une fascination irrésistible. Il était de plus à la recherche de sang jeune pour revigorer un vieux comptable moustachu et somnolent dont il avait hérité en même temps que l'affaire de son père.

La négociation pour fixer le salaire fut exempt de toute âpreté. Le demandeur trop heureux de cette aubaine, était prêt à tout accepter. Pour un léger salaire de cinq cents francs par mois, Gustave fit son entrée dans la comptabilité de cette honorable maison. Voulait-il, à l'instar de Julien Sorel [6], se rapprocher en cachette des demoiselles ? Il aurait été bien déçu, car c'était un monde d'hommes. Les demoiselles de l'époque n'avaient pas leur place dans ces bureaux d'arrière-boutique mal aérés, puant le sucre, la morue et la viande salée qui étaient entreposés dans des sacs, des caisses à claire-voie ou des tonneaux cerclés de fer. Elles ne risquaient donc pas de se trouver en présence de ces « gabarreurs », torse nu et en sueur, qui effectuaient d'interminables allées et venues entre la barge qui se dandinait sur les lames et les entrepôts sombres du magasin, la tête surmontée de pesants fardeaux.

Le boulevard Alfassa et la rue Ernest Deproge longeant le front de mer alignaient ces entrepôts et hangars de stockage exposés au soleil couchant, qui exhalaient un mélange d'odeurs de produits frais et avariés que l'on percevait de loin.

C'était donc là que Gustave avait échoué après de longues et patientes recherches. Cinq mois s'étaient écoulés depuis qu'il avait quitté le sycée. Observateur et d'un caractère réfléchi, il sut se faire discret et respectueux des consignes de M. Tabère, le vieux comptable moustachu sous les ordres duquel il fut placé. Quant à ce dernier, il fut trop heureux de confier à Gustave les tâches dont il se détournait en raison de son grand âge mais surtout à cause d'une vision défectueuse que parvenaient à peine à corriger les épais verres grossissants de ses lunettes, même lorsqu'il se courbait littéralement sur ses papiers.

Gustave fut également chargé d'assurer un contrôle précis du nombre de caisses, de tonneaux, et de sacs qui entraient et sortaient du magasin. Tâche fastidieuse, qui exposait le jeune homme à la risée des manutentionnaires, lesquels voyaient un mouchard en ce « petit nègre cravaté ».

Faire et refaire additions et soustractions à longueur de journée, sous un soleil de plomb, c'est ce à quoi s'employait ce prix d'excellence en mathématiques élémentaires, les circonstances ne lui offrant pas d'autres choix.

Aucune perspective en vue, alors qu'il fallait vivre et surtout faire vivre la maisonnée, car la mère Charlotte commençait à donner des signes d'épuisement. Gustave ne voulait pas non plus être en reste vis-à-vis de ses deux aînés et trois de ses cadets qui soutenaient leur mère par leur présence, et en contribuant financièrement aux dépenses. L'un avait trouvé un emploi à l'usine d'ananas, un autre à la mairie, une autre comme bonne d'enfants chez une famille aisée d'une commune voisine.

Pour rien au monde il ne se serait dérobé à ce geste de reconnaissance filiale, et pourtant, il lui fallait tenir son rang d'employé à la grande ville ; il devait faire face aux dépenses que cela entraînait : payer sa pension à une vieille tante bigote qui, vivant seule aux Terres Sainville, avait accepté de l'héberger ; acheter de quoi compléter le casse-croûte que lui servait la petite vieille : un « zaccari » bien croustillant chaque matin faisait généralement l'affaire ; se constituer quelques économies et enfin aider sa mère.

De petites tâches domestiques grignotaient le temps

libre de Gustave : assurer une partie du ménage de la Tante Lisa, lui sortir la poubelle le soir, lui faire la corvée des « tinettes » et surtout prendre en charge sa propre lessive dans le petit bassin de la courette, car il fallait que les chemises qu'il mettait en alternance d'une semaine à l'autre fussent d'une blancheur immaculée au col et aux poignets.

Gustave avait déjà connu trois mois de cette vie citadine quand, un jeudi du mois de mars 1946, alors qu'il était absorbé sous le soleil par le va-et-vient des « djobeurs » de la maison de commerce, il sentit quelqu'un s'approcher de lui. Il sursauta à la vue de son directeur d'école et frémit à la pensée qu'il lui apportait peut-être une mauvaise nouvelle. En une fraction de seconde, il imagina sa mère malade et balbutia :

— Qu'est-il arrivé ?

— Ce n'est rien, mon fils, lui répondit le visiteur en lui tapotant affectueusement l'épaule. J'ai au contraire une bonne nouvelle à t'apprendre. On vient de me faire savoir, au Service de l'Instruction Publique, qu'on cherche un remplaçant pour occuper le poste d'une institutrice décédée la semaine dernière. Alors j'ai tout de suite pensé à toi et je t'ai rappelé au bon souvenir du Secrétaire Général à qui j'avais remis ton dossier en septembre dernier. Je n'ai surtout pas manqué d'insister sur ton diplôme de bachelier. Alors viens te présenter à lui, je t'accompagne.

Gustave hésita un instant, craignant de s'attirer les foudres de son patron qui l'observait un peu plus loin, du seuil de la porte. Mais l'insistance et l'autorité du directeur le tranquillisèrent, et il eut la présence d'esprit de présenter des excuses au patron sous le fallacieux prétexte d'aller assister sa mère malade. Puis ils se dirigèrent à grands pas vers la rue Victor-Hugo où se trouvait le Service de l'Instruction Publique.

Accompagné et chaperonné par M. Pideuil, petit homme foncé aux tempes grisonnantes, à l'auréole directoriale incontestée, Gustave avait pris place à ses côtés dans le bureau du Secrétaire Général. Il fut inscrit sans aucune difficulté sur la liste des instituteurs remplaçants. On lui remit son affectation sur-le-champ. Il devait regagner son poste dès le lendemain matin dans les hauteurs du Robert à Duchesnes.

Ce n'est pas de gaieté de cœur que Gustave s'enfonça dans les profondeurs rurales de la Martinique, mais il accepta cet exil pour la sécurité du lendemain et l'élévation de son niveau de vie. Un salaire plus décent lui serait désormais versé par la fonction publique : 1 200 francs mensuels ! Il montait d'un cran dans l'échelle sociale en s'introduisant dans le corps des instituteurs ; petits notables de la commune après le curé et le maire.

La tâche d'instituteur n'était cependant pas une sinécure : une soixantaine d'enfants l'attendaient rassemblés dans une salle unique qui n'était en fait qu'un hangar aux parois en tôles ondulées rongées en de multiples endroits par la rouille, à même la terre battue. En période de fortes chaleurs, cette salle de classe se transformait en étuve. Par contre, lors d'une averse, la toiture devenait une véritable passoire, le sol se transformait en bourbier, et le vacarme de la pluie sur la toiture métallique rendait toute conversation impossible.

Avec des âges s'échelonnant de 6 à 14 ans, ce groupe d'élèves accomplissait des prouesses allant de la lecture syllabique à la récitation mécanique et chantante des tables de multiplication par 2 et par 5. Il ne s'agissait pas d'enseigner mais de démêler un écheveau. Gustave s'interrogea.

Avec les vacances de Pâques en fin de mois de mars, il ferait appel à la serviabilité et à l'expérience de

M. Pideuil. Cet homme se révéla être pour lui une intarissable source de conseils. Gustave était redevenu l'élève attentif et docile qui écoute sagement les explications qu'on lui donne. En somme, la principale difficulté qui se dressait devant lui consistait à nouer le dialogue avec cette marmaille, et ensuite à intéresser chaque tranche d'âge aux connaissances figurant dans les différents programmes qui leur étaient destinés. Il mesurait toute la distance le séparant de ce monde enfantin qui n'avait jamais franchi les limites du quartier de Duchesne. Il eut l'impression étrange d'être revenu à son enfance.

Pendant tout le troisième trimestre, il eut constamment recours à M. Pideuil. Mais en dépit des séances de travail au cours desquelles M. Pideuil s'efforçait de lui communiquer sa foi, son enthousiasme pour le métier, Gustave sentait qu'il n'était pas fait pour ce sacerdoce. Certes, il appliquait scrupuleusement toutes les consignes que lui dictait son maître, mais sans plus. S'il parvint ainsi à émerger de ses difficultés, rien ne put déraciner en lui ce sentiment de déchéance, de dégringolade sociale qu'il éprouvait au contact de cette marmaille miséreuse, insouciante et turbulente.

Les visites bi-hebdomadaires qu'il rendait à M. Pideuil l'amenèrent à fréquenter de plus près la famille Pideuil et à être informé de ses projets. C'est comme cela qu'il apprit au cours du mois de juin, que Mme Pideuil — institutrice elle aussi — s'inquiétait de chercher un appartement à Paris pour y loger sa famille pendant son congé administratif. Avec trois adolescents — Jeanine treize ans, Philibert quinze ans et Antoine dix-sept ans, l'entreprise n'était pas simple. Les renseignements qu'elle obtenait de ses investigations épistolaires donnaient lieu à de longues discussions avec son mari et ses enfants. Gustave eut maintes fois l'occasion d'y assister. Ces préparatifs lui firent monter l'eau à la bouche. Comme il aurait voulu être à la place d'Antoine qui partait pour s'inscrire en faculté, son baccalauréat en poche ! Il en conçut une sorte d'amertume redoublée car en M. Pideuil il perdait — avec ce congé administratif d'un an — à la fois un père, un protecteur et un conseiller technique. Il s'identifia à Antoine qui avait la chance d'aller vers d'autres horizons. Partir, partir à tout prix tel fut son désir que rien désormais ne pouvait réfréner. Il s'en ouvrit à sa mère qui le dissuada de caresser pareil projet ; elle estimait qu'il était parvenu au sommet de ses aspirations et que cela suffisait bien comme cela. Après tout, ne s'était-il pas conformé au modèle des Pideuil, point de mire et symbole de réussite de cette petite société rurale ? Mais Gustave n'entendait pas du tout s'arrêter à cette étape.

Deux jours après, il revint à la charge. Plus déterminé que jamais, il fit part à sa mère de la décision qu'il avait prise de se faire inscrire en faculté de médecine.

— Médecine ! s'exclama Charlotte ; mais tu es fou, mon fils ! Comment, tu veux être docteur ? Mais tu ne le seras jamais ! Tu n'es par né pour cela ! Grâce à M. Pideuil tu es devenu instituteur et cela suffit. Maintenant il faut que tu m'aides à élever tes frères et sœurs, les autres petits qui viennent après toi. Chacun son tour. Tu sais que ton père ne s'est jamais inquiété de vos problèmes d'école, alors qui va m'aider si ce n'est toi ?

Ce discours maternel tout empreint de réalisme et de bon sens accabla Gustave ; il n'eut aucune réponse à opposer à l'argumentation de Charlotte qui n'admettait nullement qu'on lui soumît des idées relevant, selon elle, de la plus haute fantaisie.

Sans s'avouer vaincu pour autant, Gustave tourna les talons. Quelques jours après, il alla s'enquérir auprès de M. Pideuil des formalités à remplir pour constituer son dossier d'admission en faculté de médecine. Ce dernier, déjà muni de tous les renseignements qu'il avait obtenus pour son fils, les communiqua à Gustave avec la générosité et la gentillesse qu'il lui avait toujours témoignées.

M. Pideuil fut chargé par Gustave d'intervenir auprès de Charlotte pour emporter son adhésion. L'ascendant qu'exerçait ce notable sur les gens d'humble condition eut raison des résistances de Charlotte qui fit remarquer tout de même :

— Partir en France faire des études, c'est bien beau, mais il faut beaucoup d'argent et qui va payer ?

L'apaisement lui fut donné cette fois par Gustave :

— Mais j'ai des économies ! Je n'ai rien acheté comme vêtements à Duchesne ; la pension n'était pas chère et par conséquent je n'ai presque rien dépensé mis à part ce que je t'ai versé chaque mois. Ne t'inquiète pas, maman, ajouta-t-il, d'un ton rassurant, à Charlotte qui les recevait dans la cour attenante à sa maisonnette peu avant qu'elle aille découper deux énormes fruits-à-pain cueillis de la veille. Pour achever d'anéantir ses inquiétudes maternelles, M. Pideuil ajouta :

— Il ne faut pas oublier, Madame Charlotte, que Gustave pourra bénéficier d'une bourse. Une fois arrivé à Paris, j'entreprendrai toutes les démarches nécessaires. Et vous savez, Madame Charlotte, renchérit le fonctionnaire, vous savez que je suis homme à obtenir tout ce que je veux.

En entendant cette phrase, Charlotte s'avoua vaincue. Elle cessa de tenir tête à l'obstination et à l'insistance de ces deux hommes, le plus âgé lui ayant donné la preuve que toutes ses entreprises étaient couronnées de succès. Gustave exultait ; sa reconnaissance pour son bienfaiteur s'en accrut considérablement. Avoir dissipé les appréhensions de sa mère, prenait des allures de victoire contre le sort.

A partir de ce moment-là, Gustave passa le plus clair de son temps chez les Pideuil. Les quinze derniers jours de juillet furent consacrés à la préparation de son départ ; ce fut pour lui une période d'intense bonheur. Il était très dévoué aux membres de cette famille qui l'appréciait beaucoup pour les mille et un petits services qu'il acceptait de rendre de bon gré. D'ailleurs, Jeanine, Philippe et Antoine qui répugnaient à se livrer à certaines tâches, étaient trop heureux de s'en décharger sur lui. Gustave, lui, avait la correction de s'absenter au moment des repas, qu'il prenait chez sa mère, réapparaissant peu après chez ses protecteurs ; les deux kilomètres qui séparaient les deux domiciles étaient allègrement franchis.

Le jour du départ arriva. Très élégamment habillé de neuf, sur les conseils de Mme Pideuil, — comme elle l'avait fait pour ses propres enfants —, Gustave fit ses adieux à sa mère, entourée de sa famille d'adoption. De grosses larmes roulèrent sur la joue de Charlotte qui vécut cette séparation d'avec son fils comme une entrée dans la tombe :

— Hélas, je ne te reverrai plus, répétait-elle en sanglotant. M. et Mme Pideuil émus avaient beau la consoler, rien n'y fit. Les yeux de Gustave à leur tour s'embuèrent de larmes. Il se sentait coupable de l'état de tristesse dans lequel il plongeait sa mère qui s'était tant épuisée à le rendre heureux. Cette scène le bouleversa au plus profond de lui-même sans pour autant faire vaciller sa décision.

— Allons mes enfants, trancha d'une voix nette M. Pideuil, sa tranquille autorité reprenant le dessus. Il nous faut partir car le paquebot ne nous attend pas.

Charlotte et Gustave avaient été animés de la même

ambition qui avait emprunté jusque-là une trajectoire identique ; aujourd'hui, seul Gustave la cultivait, et c'est là que résidait la raison d'une séparation si douloureuse. Les six voyageurs prirent place dans une camionnette conduite par le frère de Mme Pideuil, et, à quinze heures, ils se retrouvèrent avec leurs bagages sur le quai Ouest du port, le long duquel était amarré un majestueux paquebot, *Athos 2.* Sa sirène annonça un départ imminent. Evoluant à la queue-leu-leu, la famille Pideuil avait dû jouer des coudes pour se frayer un chemin, dans cette foule compacte de voyageurs et d'accompagnateurs. Heurtant les uns et les autres avec valises et paquets, ils s'attiraient des réflexions teintées d'énervement et quelquefois des injures. Ils parvinrent au pied de la passerelle et purent enfin monter à bord.

Quand le paquebot s'éloigna lentement du quai, la musique de « Adieu Foulard, Adieu Madras », rendue pathétique par la circonstance, résonnait encore.

Mains et mouchoirs s'agitaient de part et d'autre tandis que le bateau s'écartait. Puis, lentement, à la tombée du jour, il prit le large. Sur le pont, Gustave et les trois enfants Pideuil contemplaient, émerveillés, le scintillement des lumières sur la côte. C'était la ville qui étincelait de mille feux.

Adieu Foulard. Adieu Madras. Adieu Fort-de-France. Adieu Saint-Joseph. Adieu la Martinique.

CHAPITRE IV

Les paquebots effectuaient la traversée de l'Atlantique en dix jours. Les voyageurs, pour faire passer le temps, s'adonnaient à des distractions variées : tennis de table, courses de natation dans la piscine, séances de goûter sur le pont, soirées dansantes avec cotillons après un dîner copieux, projections de films... Pour Gustave qui fit pendant toute une journée la visite complète du bateau, ce fut la découverte d'un monde féérique. Il n'aurait jamais pu penser qu'un tel luxe pût exister : tapis et tableaux, cuivres étincelants, lustres, équipage stylé et galonné...

Avec les enfants Pideuil, — un peu plus dégourdis —, auxquels s'associèrent d'autres jeunes, Gustave faisait maintenant partie d'une bande de joyeux lurons pour qui, l'insouciance et les distractions aidant, l'image de la Martinique s'était sensiblement estompée et devint finalement un lointain souvenir.

Au début de la deuxième semaine du mois d'août, le Transatlantique entra dans le port du Havre. Après l'euphorie de la traversée, c'était la fin d'un rêve. La plupart des Antillais que déversaient les flancs de cet énorme paquebot, foulaient pour la première fois le sol de France. Certains d'entre eux connaissaient bien ce pays à travers les manuels d'histoire et de géographie ; la côte normande, la région du Havre, les méandres de la Seine semblaient n'avoir pas de secrets pour eux, et ils en avaient retenu les moindres détails au point de situer mentalement villes, fleuves et rivières.

La réalité qu'ils découvraient était plutôt lugubre : un an après la fin de la Seconde Guerre Mondiale, ce port de la Manche présentait encore avec ses ruines et ses vestiges calcinés l'empreinte des terribles bombardements qui l'avaient ravagé. Dans le train qui les emmenait vers Paris, ces images de cauchemar se dissipèrent peu à peu. Tout le monde savait que la capitale avait été épargnée par ces bombardements.

Vers 21 heures, le train arriva à la gare Saint-Lazare. Une foule dense se pressait sous un immense hangar aux armatures métalliques. Les Pideuil comme Gustave éprouvèrent une impression de gigantisme qui renforça chez eux le sentiment d'avoir quitté, loin derrière eux, un monde lilliputien. Une légère angoisse les saisit ; ils cherchaient vainement du regard la silhouette de l'oncle Sébastien qui leur avait annoncé, dans sa dernière lettre, qu'il viendrait les attendre à la gare. L'oncle Sébastien était un Parisien de longue date. Il s'était marié à une Auvergnate, Agnès, devenue Mme Sébastien Pideuil vingt-cinq ans plus tôt, qui lui avait donné deux enfants, Irène et Maurice. Progressant laborieusement dans cette mer houleuse de têtes, le directeur d'école parvint avec sa suite à la hauteur d'un pilône métallique auquel était adossé un Antillais d'un certain âge qui attendait patiemment. Il avait cru reconnaître les traits de l'oncle Sébastien qu'il ne connaissait qu'en photo. Il ne s'était pas trompé, malgré la pénombre, car l'homme d'en face réagit simultanément. C'était bien lui. Présentations et embrassades durèrent longtemps, puis l'oncle Sébastien conduisit les six voyageurs à destination du petit appartement qu'il avait pu leur retenir à la rue Sainte-Isaure dans le 18e arrondissement. Il était vingt-deux heures trente.

Juché au 6e étage d'un immeuble qui en comptait huit, le deux-pièces tout confort réservé aux nouveaux arrivants les étonna beaucoup par ses dimensions réduites.

Les valises qu'on avait dû faire monter à grand-peine — il n'y avait pas d'ascenseur — occupaient beaucoup d'espace. Quelle désagréable surprise ! Les uns et les autres ne purent s'empêcher d'évoquer l'espace vital qui leur était distribué avec tant de profusion aux Antilles où courettes et jardinets tenaient lieu de terrain de jeux. Au lieu de cela, une coquille d'œuf ! Comment allait-on bien pouvoir bouger là-dedans ? La découverte d'un certain confort avec quelques appareils sanitaires ébréchés et jaunis par le temps, l'adduction d'eau chaude, d'eau froide et de gaz, tempérèrent quelque peu leur déconvenue.

Dans une France se relevant à peine des ravages de la guerre, un tel appartement, c'était une aubaine ; l'arrivée de l'eau dans la plupart des appartements se résumait à l'unique robinet de la cuisine fixé au-dessus de l'évier qui servait à tout. Notre Parisien de la première heure ne manqua pas de leur en faire la remarque.

Enfin, ils firent contre mauvaise fortune bon cœur. Ce fut leur première déception sur cette terre de France que leur imagination avait tant magnifiée.

L'oncle Sébastien, qui avait gardé le sens de l'hospitalité antillaise, invita ses hôtes à se restaurer dans un café situé au rez-de-chaussée de l'immeuble, se promettant de les recevoir plus pompeusement le dimanche suivant.

La fatigue eut raison de nos voyageurs qui, après cette légère collation, remontèrent les six étages et se laissèrent emporter par le sommeil, les uns sur un lit, les autres sur un fauteuil et les plus jeunes sur des chaises placées côte à côte.

Le lendemain matin, l'oncle Sébastien, toujours plein de sollicitude à l'égard de ses neveux et petits-neveux, se présenta chez eux afin de venir en aide au chef de famille qui devait se déplacer dans divers services et administrations, à la banque notamment, pour troquer les billets de la France d'Outre-Mer contre ceux de la banque de France, puis au ministère de l'Instruction publique pour y signaler sa présence. Gérard Pideuil, directeur d'école, ne pouvait en effet se soustraire à ces formalités de toute première urgence.

Mme Pideuil, restée à la maison avec ses enfants et Gustave, comprit qu'il lui faudrait déployer des trésors d'ingéniosité pour rendre vivable son séjour dans le minuscule logis. Le seul spectacle des valises béantes disposées pêle-mêle dans ce deux-pièces exigu lui mettait les nerfs à fleur de peau. Gustave proposa à Mme Pideuil de l'aider à ordonner ce capharnaüm en l'absence de Jeanine, Philibert et Antoine partis entretemps à la découverte de Paris avec leur grand-oncle revenu les chercher, une fois accomplies les formalités administratives importantes.

A eux deux, ils purent effectuer un rapide et judicieux rangement dans le calme. A la faveur de cette mise en état des lieux, Mme Pideuil s'aperçut rapidement qu'elle ne pourrait pas échapper à certaines dépenses supplémentaires qui grèveraient son petit budget, comme par exemple l'achat de lits gigognes et de quelques éléments pour compléter vaisselle et batterie de cuisine. Enfin on s'arrangea comme on put. Mais ce genre de vie, pour des gens habitués à la vie au grand air, pouvait faire penser à un essaim d'abeilles enfermé dans un bocal en verre.

La surexcitation des individus croissant avec le rétrécissement de leur espace vital, une sorte d'énervement s'empara peu à peu de chacun des membres de cette famille : Mme Pideuil passait sa colère sur ses casseroles ; son mari réprimandait ses enfants à propos de tout et de rien, lesquels se chamaillaient bruyamment, s'accusant mutuellement de se faire des farces de mauvais goût. Bien que plus âgé, seul Gustave s'efforçait de se faire tout petit quand sévissait la tempête. Mais en dépit de son application à s'effacer et nonobstant la part importante de son temps qu'il consacrait aux travaux domestiques, il ne tarda pas à devenir le souffre-douleur de tout le monde. Lui que l'on considérait comme un garçon attentionné et serviable devint, par on ne sait quelle alchimie mentale, l'intrus, le responsable de tous les maux, petits et grands. Entretemps, Charlotte expédiait force confitures et autres gelées de goyaves aux Pideuil en témoignage de sa reconnaissance.

La rentrée scolaire et universitaire mit heureusement un terme pour Gustave à cette vie d'enfer qui s'annonçait dans le deux-pièces des Pideuil. Les démarches du directeur d'école aboutirent : Gustave obtint sa bourse. Il allait pouvoir gérer au mieux ce petit pécule et prévoir une petite pension à verser à ses hôtes.

Le 15 novembre 1946, il franchit le seuil de la faculté de Médecine, située boulevard Saint-Germain. Ce jour-là, il revécut par la pensée, le traumatisme en moins, la scène de son entrée au Lycée Schoelcher. Avec huit ans d'intervalle, il avait conscience d'avoir gagné en assurance et en maturité, à la veille de sa majorité.

Ses absences quotidiennes du logis des Pideuil ne désarmèrent pas pour autant l'acrimonie des trois enfants à son égard. En rentrant le soir, les quatre demi-pensionnaires se retrouvaient autour d'une petite table ; ils ne pouvaient guère s'adonner à des travaux intellectuels. L'insatisfaction se reportait immanquablement sur Gustave et, petit à petit, l'hostilité sourde de toute la famille se manifesta à son égard.

Pour contourner toute forme d'exclusion brutale, parents et enfants tombèrent d'accord sur un plan suggéré par ces derniers. Mme Pideuil fut la première à y souscrire car elle s'était mise à craindre pour la vertu de sa fille dans ce petit appartement.

Sans avertir Gustave, ils décidèrent de s'absenter de leur domicile un jour du mois de décembre, au seuil de l'hiver. Rentrant de la faculté ce soir-là, Gustave trouva porte close. Il frappa désespérément : pas le moindre bruit à l'intérieur. Ne sachant où aller, il s'imposa trois heures d'attente sur le pallier, et finalement prit le parti de s'asseoir sur la dernière marche de l'escalier pour réviser ses notes. C'était la première fois qu'il jouissait de tant de calme pour travailler. Chaudement vêtu de lainages récemment acquis au « Carreau du Temple », il recevait par intermittence le fouet glacé des courants d'air.

A mesure que l'heure avançait, son inquiétude grandissait. Le changement d'attitude qu'il avait observé chez les enfants Pideuil ne lui laissait plus aucun doute : il avait acquis la certitude qu'on voulait se débarrasser de lui. Finalement, la famille réapparut vers vingt-deux heures, se donnant le temps de gravir les cinq escaliers. Arrivés à sa hauteur, ils lui fournirent quelque vagues explications, prétextant une visite inopinée de l'oncle Sébastien qui souhaitait les voir de façon urgente. Gustave ne fut pas dupe ; il subodora quelque prétexte fallacieux. Et le silence concerté de la famille, qui ne dressa pas la table ce soir-là, acheva de confirmer ses appréhensions.

Il eut beau s'acquitter comme à l'accoutumée de la corvée de la poubelle, pas une lèvre ne se desserra pour lui adresser le moindre mot. Il sentit son cœur pressé comme dans un étau. Une longue nuit d'insomnie l'attendait, qu'il meubla en cherchant une échappatoire.

Le lendemain matin, son premier soin fut de quitter les lieux le plus tôt possible. Il confia son infortune à ceux de ses camarades arrivés les premiers ce jour-là à la faculté. L'un d'eux se laissa émouvoir ; il ne fut pas non plus insensible au marché que lui proposait Gustave :

une cohabitation dans sa chambre d'étudiant moyennant un petit dédommagement financier.

Le marché fut conclu, et le soir même Gustave déménageait, quittant ceux qui avaient été jusque-là ses bienfaiteurs. Il pensait avoir gagné au change : il ne partageait son logement qu'avec une seule personne et non plus avec cinq autres ; le silence propice à l'étude régnerait dans son nouveau cadre de travail, situé rue Danton. Hélas, Jacques Malard, le copain qui l'hébergeait, se détournait de ses études à l'approche de Noël. Fils d'un bourgeois de province, il était « monté » faire médecine à Paris. Son indifférence pour les études avait tout d'abord pris la forme de sorties nocturnes dans le gai Paris. Cette formule ne pouvait que convenir à Gustave qui se trouvait ainsi seul dans le studio pour travailler. Mais une semaine plus tard, ces sorties nocturnes finissaient par des réunions au studio de la rue Danton regroupant filles et garçons. C'était des commentaires sur les expériences dans les différentes boîtes de la capitale, le tout assorti de chansons et autres joyeuses vociférations. Le programme de travail de Gustave fut sérieusement perturbé, mais il n'en laissait rien paraître, accueillant aimablement ces joyeux noceurs, à qui il s'empressait de servir à boire, la mine réjouie pour ne pas être la cible de leurs plaisanteries douteuses.

Il lui arrivait parfois d'être réveillé en sursaut sous le coup de trois heures du matin, mais il gardait envers et contre tout un sourire de façade. On eut dit à le voir, un serviteur zélé, prêt à tout accepter.

Il se rendit bien vite compte que cela ne pouvait pas durer : Jacques Malard semblait avoir définitivement tourné le dos aux études. Gustave ne pouvait se résoudre à sombrer avec lui dans la vacuité des plaisirs parisiens. Au cours des vacances de Noël, il reçut une lettre de

Pauline sa sœur cadette ; celle-ci lui comuniquait — à toutes fins utiles —, l'adresse d'une tante partie aux alentours des années 1925 et qui s'était engagée comme servante chez un riche marchand de tissu du 2e arrondissement.

Gustave se rendit aussitôt à l'adresse indiquée — 34, rue du Sentier — pour s'entendre dire que Mme Ernestine Méterre ne s'y trouvait plus. Toutefois, ses interlocuteurs eurent l'obligeance de lui remettre l'adresse de son nouveau lieu de travail.

La guerre ayant entraîné des revers de fortune, Ernestine avait cessé d'offrir ses services au marchand de tissu qui ne pouvait plus lui garantir ses gages. Ce dernier avait cependant réussi à la faire embaucher comme fille de salle à l'Hôpital de la Salpétrière. Le lendemain, Gustave se présentait, à la première heure, au bureau des entrées de l'hôpital. L'infirmière qui l'accueillit lui précisa que sa tante n'était pas de service ce jour-là. Mais l'air de famille qui se lisait sur le visage du jeune homme inspira confiance à la femme en blouse blanche.

Elle lui remit l'adresse d'Ernestine Méterre, et c'est muni de ce précieux renseignement que Gustave se transporta dans l'après-midi à l'autre bout de Paris, près de la Place Stalingrad.

Il avait pris la précaution d'emporter deux boîtes de gelée de goyave, un petit paquet de cannelle et de feuilles de citronnelle que sa mère venait de lui faire parvenir pour les fêtes de Noël. Haletant, il sonna à la porte du 5e étage sur laquelle figurait le nom mentionné dans la lettre de sa sœur.

— Qui est là hein ? demanda d'une voix à la fois surprise et irritée, cette Antillaise parisianisée qui avait gardé un peu de son accent.

— C'est Gustave Namer, répondit l'autre. Tu ne me

connais pas, mais je suis le fils de Charlotte et d'Etienne. Je suis étudiant en médecine et maman m'a remis un colis à ton intention.

Trois éléments de ce discours retinrent l'attention d'Ernestine et allèrent même jusqu'à l'émouvoir : ce furent le tutoiement, le colis et l'expression « étudiant en médecine ». Jamais en effet, Ernestine n'aurait pensé que le milieu dont elle était issue allait engendrer un intellectuel appartenant à cette catégorie professionnelle qu'elle regardait avec une certaine vénération mêlée d'humilité dans l'univers hospitalier d'où elle tirait son gagne-pain. Elle se décida à ouvrir, davantage poussée par la curiosité que par l'affection qu'elle ne pouvait témoigner à des parents remisés dans la nuit des temps, voire à un inconnu.

La targette résonna d'un bruit sec ; Ernestine Méterre se trouva en face d'un beau jeune homme, portant un élégant costume dont le pli accusé du pantalon dénotait l'attention méticuleuse qu'il portait à sa mise. Rien à son allure ne pouvait laisser supposer qu'il ne disposait que de cet unique costume dans sa garde-robe. C'était son seul habit « de sortie », l'autre, plus négligé, était réservé aux cours de la Fac.

Dès le premier abord, Gustave bénéficia d'un préjugé favorable auprès de sa grand-tante. Celle-ci l'introduisit dans sa chambre. C'était une chambre de bonne, perchée au 5e étage, toute proche d'un point d'eau qui se trouvait sur le palier.

Gustave s'assit et posa son regard sur chacun des objets qui se bousculaient dans ce petit espace. Ce regard-là avait pour lui valeur d'étreinte physique : ici une cuvette sur un escabeau dissimulant à peine un seau hygiénique ; juste à côté, la cuisinière coiffée de casseroles de différentes tailles, et auréolées de minuscules taches de sang, laissées par la fabrication du boudin. Un peu plus loin, un amas de valises, les unes fermées, les autres entrouvertes. Au-dessus du lit d'une place, était épinglée une photo de De Gaulle découpée dans un journal ; une image du Sacré-Cœur, accrochée au mur, prolongeait les montants d'un petit garde-manger d'où s'échappait une odeur de poisson frit. Au milieu de la pièce, une table flanquée de quatre chaises. Tel était le cadre de vie de ce petit bout de femme, rondelette, toujours coiffée chez elle de son madras.

Ernestine défit avec soin le paquet que Gustave venait de lui remettre. Elle fut visiblement touchée de découvrir qu'elle occupait encore une petite place dans le cœur de la famille qu'elle avait quittée depuis si longtemps. La conversation prit une tonalité affective comme si les deux interlocuteurs se connaissaient déjà depuis de nombreuses années.

— Ah tout cela me rappelle le bon temps, dit-elle. Ton père Etienne était très turbulent quand il était petit. Ainsi ne me suis-je pas gênée pour lui administrer parfois de bonnes fessées. Est-il toujours resté le même ?

Gustave découvrait en Ernestine un refuge et une confidente qui lui renvoyait l'image de sa mère Charlotte. Comme par un accord tacite, la tante parisienne accepta de jouer ce rôle auprès de ce petit neveu dont elle appréciait les visites de plus en plus fréquentes, et elle ne manquait jamais de lui préparer un bon repas, à la grande joie de Gustave.

Un jour, il fit part à sa tante de ses mauvaises conditions de travail à l'approche des examens. Cette femme au grand cœur, qui avait besoin de donner de l'affection et d'en recevoir, ne put rester insensible à ses déboires. Elle l'invita à partager sa chambrette. Il s'empressa d'accepter, considérant que les absences prolongées de sa tante lui laisseraient le temps de travailler.

En accueillant sous son toit ce jeune homme, la tante Ernestine avait obéi à plusieurs mobiles : outre la promotion qu'elle se ménageait pour l'avenir en hébergeant un futur médecin, la serviabilité de ce jeune homme ne lui avait pas échappé ; elle pourrait la détourner à son profit et obtenir de son pensionnaire quelques menus services domestiques.

Gustave, en bon gestionnaire de son temps, ne se fit pas prier pour accomplir ces tâches qui étaient, à peu de choses près, celles qu'il avait connues chez sa tante Lisa aux Terres-Sainville, quelque temps auparavant. Cette similitude frappante dans son itinéraire lui traversa l'esprit, alors qu'il laissait errer son regard sur une assiettée de haricots rouges parsemée de petites bosses dues aux boulettes de « dongoué » [7] préparée avec amour par tante Ernestine.

La seule innovation apportée à cette troisième pension parisienne résidait dans le petit « job » de plongeur qu'il s'était imposé le soir entre dix heures et vingt-trois heures, deux fois par semaine. Il en tirait des ressources qui avaient pris le relais de ses économies d'instituteur, épuisées depuis longtemps par l'achat et la location de livres.

Plusieurs semaines passées avec tante Ernestine renforcèrent chez Gustave la conviction qu'il avait enfin atterri dans un havre de paix. L'exiguïté n'était pas un obstacle à ses yeux dès lors qu'il avait l'essentiel : de bons repas, de l'isolement pour étudier grâce aux absences de la tante souvent de garde à l'hôpital, et de l'affection qui, bien que se manifestant de façon intermittante, servait de toile de fond à la douce atmosphère dans laquelle il baignait. Du coup, il espaça l'envoi des lettres qu'il adressait à sa mère, non sans l'avoir rassurée sur les nouvelles conditions de vie dont la providence l'avait gratifié.

Charlotte, au-delà des mers, se sentit obligée de manifester sa reconnaissance à l'égard de sa tante par alliance, par l'expédition de friandises : « locchios », tablettes de coco, shrubb et punch au coco. Ses talents de cuisinière étaient la seule manière de remercier la tante Ernestine. Le mois de juin arriva. Gustave passa avec un éclatant succès son P.C.B. Il récoltait ainsi les fruits d'un travail forcené étalé sur les quatre derniers mois de l'année universitaire. On eut dit qu'un mélange explosif d'orgueil, de volonté et de courage avait imprimé une forte secousse à son ambition.

Et pendant sept années, la chambrette de tante Ernestine propulsa Gustave dans ses études interrompues par des vacances, parisiennes exclusivement, tout aussi laborieuses que le reste de l'année scolaire, quelquefois entrecoupées d'activités diverses allant des leçons particulières en mathématiques au remplacement d'un barman « à la plonge ».

Pour leur montrer qu'il avait réussi envers et contre tout, Gustave se rendit en visite chez les Pideuil. Ces derniers, sur le point de regagner la Martinique après une année de congé administratif, lui réservèrent un accueil aussi glacial qu'un certain soir de décembre sur le palier du 6e étage de la rue Sainte-Isaure. Les trois enfants Pideuil étant rentrés bredouilles de leurs examens ; la visite de Gustave avait été interprétée comme une volonté de les narguer.

CHAPITRE V

Pendant ces sept années d'un labeur acharné, Gustave avait gagné non seulement l'affection et la tendresse de sa tante qui le considérait maintenant comme son fils, mais aussi l'estime de ses camarades étudiants qui voyaient en lui un puits de science, une réserve inépuisable de savoir, d'autant plus qu'il venait au secours des défaillances de ceux avec lesquels il travaillait en petits groupes. Il était devenu pour eux une valeur sûre et ils se l'arrachaient. Comme durant sa scolarité au Lycée Schoelcher, Gustave se jouait intérieurement de ses camarades d'étude qui se disputaient sa présence en ne leur venant en aide que sporadiquement et surtout très parcimonieusement.

Les invitations qu'on lui proposait à la terrasse des cafés du Boulevard Saint-Michel, ou les week-ends passés dans une famille provinciale n'ébranlèrent en aucune façon ses convictions. Sa devise était la suivante : tout prendre des autres mais ne rien leur concéder ; la bonne grimace consistait à jouer les généreux au compte-goutte en évitant de communiquer l'essentiel. Ses camarades se laissaient prendre à ce jeu subtil à la faveur duquel Gustave maintenait un équilibre qui éloignait de plus en plus l'échéance de la rupture. Il savourait intérieurement sa supériorité qui lui valut une autorité incontestée. Il ne tarda pas à éveiller la curiosité des jeunes filles — étudiantes ou pas — qui admiraient son assurance et le ton docte de sa conversation. Enfin peu nombreuses étaient celles qui restaient insensibles à ses atouts de beau mâle. La fascination qu'il exerça sur elles lui valut mille et une prévenances féminines et en particulier plusieurs invitations à la maison de campagne avec un luxe de petits soins et d'attentions particulières. C'est ainsi qu'il connut la campagne bordelaise en compagnie de Colette Delmac dans la famille de laquelle il passa les vacances de Pâques en 1952. Gustave comprit que toutes ces approches cachaient un projet matrimonial auquel il ne pouvait souscrire et ce, pour une double raison : d'une part, l'aisance affichée de son hôtesse bordelaise allait réveiller en lui une humiliation qui le conduirait à exhumer sa misère ; et d'autre part, toute parenthèse introduite prématurément dans sa vie d'étudiant ne pourrait que compromettre ses chances de réussite aux épreuves finales de ses études. Gustave s'estimait suffisamment beau garçon — la cuisine et l'affection de tante Ernestine l'avaient épanoui — pour attendre de rencontrer sur sa route une nouvelle Josette Delmac. La suite devait lui donner raison.

Au début du mois de juillet 1953, tante Ernestine voulut offrir à son neveu une distraction après toutes les journées et nuits de labeur qu'il avait investies dans ses succès aux examens. Elle l'invita à l'accompagner à une de ces petites fêtes de famille célébrées avec beaucoup de faste. Ce n'était en effet qu'une première communion, celle de la fille d'une collègue, Mme Matier, d'origine vauclinoise, qui s'était liée d'amitié avec tante Ernestine.

Elle se rendit donc très tôt le matin à Livry-Gargan dans la proche banlieue, accompagnée de Gustave. Elle était impatiente de se rendre, en ce dimanche caniculaire, au domicile de sa jeune collègue, moins pour répondre à l'invitation que pour se livrer aux préparatifs culinaires qui, à ses yeux, perpétuaient la tradition de son île : un repas de première communion sans pâté en pot, sans boudin et sans côtelettes panées prendrait en effet l'allure d'une journée d'été sans soleil. Tante Ernestine estimait son tour de main indispensable pour donner une saveur exceptionnelle à tous ces mets, d'où son impatience à parvenir sur les lieux de la fête. Le réveil matinal qu'elle infligea à Gustave ce jour-là n'enchanta guère ce dernier. Il préférait de loin la compagnie de ses camarades qu'il rencontrait régulièrement à « la Bonne Chope d'Alsace » autour d'un café ou d'un verre de jus de fruit. Les présences féminines au sein du petit groupe n'étaient pas faites non plus pour lui déplaire. Jamais il ne lui était venu à l'idée de se déplacer dans Paris avec sa tante et encore moins de la présenter à ses amis qui ignoraient tout de son mode d'hébergement et de subsistance.

Fulminant intérieurement mais sans en rien laisser paraître, il partit en compagnie de sa tante ; c'était la première fois en sept ans. La quinquagénaire, elle, était animée de sentiments radicalement opposés à ceux de son neveu : satisfaction et fierté se lisaient sur son visage.

Pendant tout le voyage en métro, plongé dans une revue de médecine tropicale, Gustave ne desserra pas les lèvres. Sa tante, par son silence, donna libre cours à cette occupation studieuse, se disant que son neveu était vraiment atteint par le virus du travail forcené.

La jeune Mme Matier qui attendait impatiemment le « coup de main » expérimenté de sa collègue, eut l'intuition de ses pas dans l'escalier et sans même lui donner le temps de presser le bouton de la sonnerie, lui ouvrit la porte. Aux côtés d'Ernestine se tenait un élégant jeune homme. Les présentations faites, Mme Matier pensa que la présence de cet intellectuel allait rehausser l'éclat de la tête. Sans perdre un instant, elle énuméra à tante Ernestine les différentes tâches qui l'attendaient à la cuisine. L'heure avançait, et elle tenait à conduire sa fillette à la messe, l'esprit allégé de tout souci. Ernestine lui fut d'un grand secours ; toutefois elle ne put se livrer tranquillement aux préparations culinaires qu'après avoir obtenu l'assurance que Gustave serait installé dans un coin silencieux pour y poursuivre sa lecture. C'est un petit mètre carré de la chambre à coucher — autre pièce de cet appartement qui n'en comptait que deux — qui remplit cet office.

Vers midi, la petite salle à manger, fraîchement tapissée et ornée de fleurs, accueillit les premiers invités. Tout était prêt. Tante Ernestine avait associé célérité et doigté pour réaliser des merveilles gastronomiques qui embaumaient toute la pièce. Les premiers invités furent bientôt suivis de la communiante et de sa mère qui déplora la longueur de la cérémonie. Les rejoignirent sur le pas de la porte quatre autres invités parmi lesquels figurait une jeune fille arrivée à Paris depuis un an. Cette jeune fille allait jouer un rôle déterminant dans le destin de Gustave.

Investie ce jour-là par la maîtresse de maison de pouvoirs étendus, tante Ernestine remplit à l'égard des invités ses devoirs de civilité, et les fit asseoir autour de la table garnie de quatorze couverts d'une vaiselle et d'une argenterie rutilantes. Ce couvert princier avait été préparé depuis de nombreux mois, à la faveur des occasions exceptionnelles qui se présentaient sur le marché, à mesure que s'éloignaient les sombres années de la guerre.

Mme Matier n'entendait pas rompre avec la tradition antillaise qui aime faire étalage de luxe à l'occasion des fêtes de famille.

Une fraîche gaieté, attisée par l'odeur de la bonne cuisine, prit place au sein de la petite assemblée, le punch préparé et servi par tante Ernestine fit le reste. Gustave, sur les appels incessants de sa tante, eut toutes les peines du monde à s'arracher à sa lecture car il lui répugnait de rejoindre ce joyeux groupe dont il ne pouvait rien attendre de sublime, étant issus pour la plupart des milieux humblement laborieux.

De guerre lasse, il fit son apparition dans la salle où tout le monde s'était déjà servi d'une bonne assiettée de pâté en pot fumant.

Tante Ernestine ne remarqua pas le moins du monde que son petit neveu cédait à ses injonctions à contrecœur. Puis, avec toute la fierté que trahissait le son de sa voix, tante Ernestine fit la présentation de Gustave en ces termes :

— Je vous présente mon neveu, le Docteur Gustave Namer. Il est médecin, vous savez, et vient de réussir à tous ses examens. Si vous saviez comme il a travaillé ! C'est le fils de mon neveu Etienne, renchérit-elle comme pour se rapprocher généalogiquement de ce brillant lauréat.

Une fois terminée cette présentation dithyrambique, Gustave occupa la place qu'on lui avait laissée.

Un silence s'appesantit lourdement sur l'assemblée car l'intervention de tante Ernestine eut pour effet d'accentuer le fossé qui séparait les sphères intellectuelles de cette piétaille de manuels. Gustave avala en un clin d'œil son bol de pâté en pot, et lorsqu'il releva la tête, son regard saisit au passage le visage d'Annette. Il venait soudain de la remarquer. Aussitôt, Gustave comprit qu'un déclic s'était produit en lui, à la vue de cette charmante personne. Celle-ci faisait partie du dernier groupe qui avait rejoint la communiante et sa mère sur le palier, à l'issue de la cérémonie à l'église.

C'était une jeune Martiniquaise. Par le hasard des métissages, elle avait hérité d'une peau blanche. La couleur dorée de ses cheveux lui donnait le type d'une chabine, mais la coiffure qu'elle s'était faite avec d'onctueuses ondulations la rapprochait de la mulâtresse blonde. Sa robe rouge, en harmonie avec un maquillage discret lui donnaient beaucoup d'allure.

Gustave ressentit en lui une sorte d'appel qui l'exhortait à prolonger son regard sur cette jeune femme, mais il ne put le faire avec la soudaineté du revirement qui s'était opéré en lui. Il jugea plus sage de rompre le silence gêné dans lequel sa présence avait plongé la tablée. Il engagea alors la conversation sur une voie chère aux convives : l'évocation des fêtes familiales. Ce fut le sujet idéal ; chacun y alla de sa petite anecdote en évoquant au besoin le souvenir d'êtres chers disparus, vieilles figures imposantes ayant droit à toutes les marques posthumes de respect et de vénération.

Gustave avait donné une occupation à ses commensaux pour se faire oublier et risquer de nombreuses œillades admiratives en direction de celle qui se trouvait en face de lui. Personne n'avait rien remarqué, et tante Ernestine, trop heureuse que le jeune homme se soit mis enfin au diapason de l'assemblée, lui lança à l'emporte-pièce :

— Tu te souviens de tonton Hilaire, il avait une de ces manières d'abattre le cochon à Noël ! C'était si rapide que la bête ne sentait rien, elle ne criait même pas !

Tout le monde éclata de rire à l'écoute de cette histoire qui était une galéjade. Quel porc supplicié n'a pas déchiré l'air de ses cris perçants, la veille de Noël ?

Annette s'en donnait à cœur joie, riant jusqu'aux larmes.

— Oh que si, je m'en souviens, je l'ai même aidé étant petit garçon, répondit Gustave.

En réalité, il avait répondu n'importe quoi, sa seule préoccupation étant de dissimuler l'observation de plus en plus soutenue à laquelle il se livrait sur la personne d'Annette. On arriva au dessert de ce plantureux repas : confiture de pruneaux, gâteau au coco, crème au chocolat vinrent flatter le palais des convives qui ne ménagèrent pas leurs compliments à tante Ernestine. Ravie, elle triomphait presque sans modestie, rappelant au passage que ses talents de cuisinière lui venaient de sa grand-mère qui, à la fin du siècle dernier, avait régné en souveraine dans les cuisines des ascendants de la famille Fortebelle.

L'absorption de toute cette masse de calories donna brusquement aux convives l'envie de se dégourdir les jambes. Pendant que les uns se dirigeaient vers le « petit coin », les autres vers la cuisine pour aider à la remise en état des lieux, Gustave, lui, se rapprocha d'Annette en faisant mine de lui demander un renseignement.

— Dites, Mademoiselle, vous ressemblez étonnamment à Martine Dupont que j'ai connue à Fort-de-France, ne seriez-vous pas parents par hasard ? avança-t-il d'un ton suave.

Annette, sans arrière-pensée, s'empressa de satisfaire la curiosité de son interlocuteur.

Et ainsi s'engagea la conversation. Annette, pour bien se situer aux yeux de Gustave, déclina son identité : son nom de famille était Paul-Henri. Elle avait 22 ans et venait tout juste de commencer des études de pharmacie que son père — receveur des P. et T. et prénommé Auguste — lui avait conseillé d'entreprendre un an plus tôt. Sa mère, institutrice, avait su lui donner — ainsi qu'à son frère et ses deux sœurs — un bon départ dès l'école primaire. Ses liens de parenté avec les Matier expliquaient sa présence chez eux, ce jour-là.

Gustave ne fit aucunement allusion à ses origines sociales, mais s'appesantit sur la difficulté des études médicales qu'il venait de terminer si brillamment. Il offrit son aide à cette jeune étudiante qui, d'emblée, accepta, car elle eut le sentiment d'être en présence d'un garçon sérieux.

En offrant son aide à cette jeune fille, c'était la première fois que Gustave laissait parler son cœur. Cette proposition était exempte de tout calcul, pure de toutes ces arrière-pensées de négociations et de marchandages qui avaient été pour lui autant de passages obligés pour obtenir des autres ce qu'il voulait. En ce moment, si passage il y avait, c'était celui qu'il devait emprunter pour atteindre le cœur de cette jeune fille éblouissante de beauté. Il découvrait là un univers affectif excluant toutes formes de tractations et de transactions auxquelles il avait dû se soumettre pour grimper, non sans peine, dans l'échelle sociale.

Un copieux goûter, servi aux environs de 19 heures, offrit aux convives une nouvelle occasion de sortir leur répertoire de plaisanteries. Gustave qui se sentait maintenant le cœur léger, s'en donna à cœur joie. Il se laissait emporter par le courant de liesse générale. Tante Ernestine en fut ébahie, ne s'expliquant pas les raisons de la transformation radicale que venait de subir son neveu.

A vingt heures, personne ne se décidait à partir. On proposa une « partante »[8]. Le jour tardait à décliner. Alors tante Ernestine, doyenne de l'assemblée, estima qu'il était de son devoir de donner le signal du départ ; de plus, elle avait à prendre son service à une heure très matinale le lendemain.

Au moment des adieux, des embrassades, et des congratulations, Gustave réitéra sa proposition à sa voisine de table. Il fallait pour cela procéder à un échange d'adresses, ce qu'ils firent en un clin d'œil. Les autres invités trouvèrent cela tout naturel ; après tout, n'est-il pas tout naturel que deux étudiants se communiquent des informations ?

Sur le chemin du retour, lorsque Gustave donna le bras à sa tante pour l'aider à gravir les escaliers du métro ; il ne cessait de louer intérieurement cette bonne petite vieille d'avoir tant insisté le matin pour l'entraîner à sa suite. Plein d'attention pour elle, il lui prit son sac, lui répétant sans cesse « Fais attention à la marche. » Il s'en voulait d'avoir été si désagréable le matin, pour une fois qu'il sortait en sa compagnie.

Lorsque tante Ernestine, à l'heure du coucher enveloppa ses cheveux blancs dans son madras jaune paille contrastant à peine avec sa chemise de nuit en forme de longue gaulle blanche, elle eut, aux yeux de Gustave, déjà allongé sur son petit lit de camp qu'il repliait chaque matin, l'allure d'une madone noire qui porte chance.

Le sommeil emporta bientôt tante Ernestine qui se mit à ronfler. Gustave, lui, eut du mal à s'endormir. Etait-ce à cause de ronflement ou de la forte impression que lui fit le visage d'Annette Paul-Henri qui hantait ses rêves à demi éveillés ? L'aile du sommeil le ramena sur les rivages de son enfance, de l'autre côté de l'Atlantique. Les frontières du temps et de l'espace étaient bannies. Il se sentait comme engourdi par tout ce mélange d'alcool, de mets épicés, d'émotions sentimentales dont il avait involontairement fait provision pendant la journée. Il n'arrêtait pas de se tourner et de se retourner pour trouver la bonne position dans son lit étroit. Ses efforts pour chasser l'image d'Annette et se laisser gagner par le sommeil étaient inopérants. Ce visage l'obsédait, se déformant pour réapparaître sous les traits de Mme Fortebelle, remontée à la surface de sa mémoire.

Vers 5 heures du matin, il s'assoupit enfin ; c'était le moment où tante Ernestine venait de quitter la chambre pour prendre son service à l'hôpital.

De cette nuit agitée, il ne conserva que le souvenir des cheveux blonds et du visage blanc. Qu'étaient devenus les yeux d'Annette, la forme de sa bouche ? Désormais seul dans la chambre, Gustave, retardant l'heure du petit déjeuner, rédigea ce petit mot à l'intention de celle qui avait allumé en lui — cela il le sentait bien — les premiers feux de l'Amour :

Mademoiselle,

Je crois avoir mis la main sur le document qui vous facilitera la préparation de vos épreuves de Chimie Générale et Chimie Minérale. Il n'est pas trop tôt pour vous y mettre malgré les vacances. Aussi, aurai-je le plaisir de vous l'apporter le vendredi 15 juillet prochain à 15 heures au n° 36 du boulevard Saint-Germain.

Très respectueusement,

G. Namer

Pendant cinq jours, Gustave vécut dans l'attente. Allait-elle venir à ce rendez-vous ? Il se garda bien d'en parler à tante Ernestine qui n'avait rien perçu du trouble qui l'agitait. L'impatience le tenailla davantage encore quand il se rendit au lieu du rendez-vous. Il arpentait l'angle de la rue Mignon et du boulevard Saint-Germain en proie aux inquiétudes qui agitent un jeune homme ardent.

Elle vint. Surpris, Gustave bredouilla quelques mots de politesse. Au prix d'un grand effort, il retrouva son calme ; il ne voulait rien laisser transpirer de son trouble.

Avec simplicité et naturel, l'étudiante en pharmacie amorça la conversation à propos de son programme de vacances et d'études pour la rentrée. Le soleil était de la partie suscitant bonne humeur et envie de farniente chez ceux qui étaient assis à la terrasse des cafés.

Après avoir écouté l'énumération des différentes parties de ce programme, Gustave put faire plus amplement connaissance avec Annette et ses parents dont elle lui montra les photos, soigneusement rangées dans son porte-cartes. Il s'employa à cerner le type physique des personnes photographiées : le père, un mulâtre, lui rappelait Auguste Perrinon [8] ; la mère, une chabine, avaient engendré cette blonde créole qui avait fait sur lui une si vive impression. Et pendant qu'Annette parlait, il la regardait, l'admirait, la buvait du regard.

Il n'avait jamais approché une telle beauté, pensait-il. Il décida alors de se l'approprier. Seule une demande en mariage pouvait lui permettre de la conquérir. Il se dit qu'il l'aimait d'amour. Mais d'autres considérations déterminèrent sa décision : cette jeune fille représentait pour lui de réelles chances de promotion sociale ; elle venait d'un milieu familial économiquement supérieur au sien mais avec un écart moindre que celui qui le séparait des Delmac ; la blancheur de son teint allait lui permettre « d'éclaircir la race » de sa progéniture ; le choix d'une authentique Martiniquaise ne l'exposerait pas aux sarcasmes de ses compatriotes — certains d'entre eux stigmatisaient en effet la conduite de leurs camarades qui convolaient avec des Européennes par reconnaissance ou par devoir ; enfin, une belle femme est un atout non négligeable pour un mari lui procurant respect et considération.

Mais finalement, c'est son cœur qui avait parlé et pas seulement la nécessité de se frayer une place enviable dans la société. Une petite voix intérieure lui chuchotait avec insistance que le destin lui tendait à nouveau les bras.

Ils se séparèrent aux environs de 19 heures non sans avoir remarqué que les références bibliographiques n'avaient pas été au centre de leurs préoccupations.

CHAPITRE VI

Gustave amoureux, n'avait pas cru devoir s'appesantir sur les qualités morales de sa bien-aimée. En avait-elle ?

Comment, lui, jeune médecin appelé à se montrer perspicace devant ses futurs malades, avait-il pu faire preuve d'un tel aveuglement ?

— Quel est le caractère de cette jeune fille ? Est-elle sérieuse, aimable, prévenante, serviable, gentille ? Saura-t-elle te seconder courageusement en cas de coup dur ?

Gustave demeura interdit et pantois quand Gaston Army lui asséna toutes ces interrogations autour d'un grand verre de lait glacé servi à la terrasse du café qu'ils fréquentaient habituellement. Ce dernier avait trouvé tout naturel de lui servir cette avalanche de questions après que Gustave lui eut confié son secret et vanté la beauté de sa nouvelle conquête...

Gaston fut en effet surpris de l'étrange candeur affichée par son condisciple réputé pour sa lucidité et sa clairvoyance. La surprise non dissimulée de Gaston plongea Gustave dans un profond désarroi. Ce copain venait de souligner son extraordinaire légèreté. Lui qui avait coutume de se regarder comme un être supérieur, admettait difficilement la gifle qu'on venait de lui administrer. Son orgueil en reçut un terrible choc.

Il admit la pertinence des questions de Gaston, mais ne s'empêcha pas de le prendre en grippe.

Désormais, il ne lui pardonnerait pas d'avoir été le témoin de sa défaillance. Il prit congé de lui d'un ton sec et jura de ne plus le revoir. Humilié, il reprit le chemin de la chambre. Son imagination échafaudait différentes propositions pour combler le vide que n'avait pu lui livrer une connaissance plus appronfondie de sa bien-aimée. Il pensait néanmoins que son intuition ne pouvait le tromper, que les premiers élans de son cœur ne seraient pas spontanément allés vers Annette si elle n'avait pas eu toutes les qualités d'une bonne épouse. Il continua à lui écrire.

Annette, de son côté — au demeurant elle savait très peu de choses de Gustave — n'avait pas pour autant répondu à sa flamme. Aucune fougue ne l'habitait ; aussi jugea-t-elle inopportunes et encombrantes toutes les lettres que Gustave lui adressait. Et elle le lui fit sentir.

Il faillit en mourir ! Subir un affront pareil de la part de l'élue de son cœur, lui à qui l'on répétait sans cesse qu'il était beau garçon, ayant déjà fait ses preuves à Bordeaux auprès de Josette Delmac. Il se sentit terrassé.

Esseulé, l'âme triste, Gustave traversa le désert pendant ses vacances parisiennes. Il recherchait désespérément un but, une raison d'oublier. C'est à ce moment que lui vint l'idée de remplacements.

Dans un Paris encore vide, en fin de mois d'août, il fut appelé à remplacer, pendant trois mois, un de ses confrères septuagénaires, le docteur Lortier, qu'une hospitalisation prolongée retenait loin de son cabinet.

En sonnant au portail de la coquette villa blanche du docteur Lortier, il eut le loisir d'admirer l'immense pelouse verte, bien ratissée, piquée par endroits d'arbrisseaux soigneusement taillés en formes géométriques à la manière de Le Nôtre.

Une vieille servante qui apparut derrière la grille ne put cacher sa surprise en découvrant un homme de couleur, en dépit de son port altier, de la veste et de la cravate qui lui donnaient un air distingué.

Elle hésita un instant puis fut bien obligée de lui ouvrir quand le visiteur déclara avec force politesse :

— Bonjour, Madame, c'est moi le remplaçant du docteur Lortier.

— Mais entrez donc, Monsieur, lui répondit-elle, avec empressement comme pour excuser l'instant d'hésitation qu'elle avait observé avant de tirer la targette.

Les cailloux de l'allée principale crépitaient sous les lourdes semelles de crêpe de Gustave. Il s'engagea dans l'entrée où l'aspect reluisant du plancher en marquetterie lui donna l'impression de marcher sur un meuble. Il ne remarqua pas les patins en laine sur lesquels les visiteurs posaient les pieds pour évoluer dans la pièce. Les empreintes de ses pas se fixèrent sur la surface brillante.

La servante le fit asseoir dans un petit salon où les bibelots en porcelaine, les lampadaires à socle d'albâtre, les tableaux entourés de cadres dorés à l'or fin, les magnifiques fauteuils Louis XV reposant sur un moelleux tapis persan, les tentures en velours de Gènes, la cheminée en marbre se disputèrent son attention. De cette observation admirative, il conclut que c'était à l'exercice de la médecine que son confrère — de 50 ans son aîné — devait ce confort si raffiné.

Quelques minutes après, Mme Lortier descendit l'escalier aux marches luisantes, pour rejoindre le remplaçant de son époux. Elle lui apparut dans la plénitude de sa cinquantaine d'années. Son élégance, sobre, était rehaussée par un collier de perles qui tranchait sur une robe coque de roche assez décolletée. Le chignon composé d'un entrelacs de boucles ne vieillissait en rien ce visage rose dont les quelques rides légères, étaient dissimulées sous un délicat maquillage.

Surprise l'espace de quelques secondes à la vue de ce garçon, elle fut vite rassurée par la présentation courtoise que le jeune médecin fit de lui-même. Les négociations s'engagèrent puis aboutirent à un accord qui cadrait parfaitement avec les conditions et les prévisions du couple Lortier. C'était l'épouse qui prenait la direction des affaires, le principal intéressé ayant été empêché par la maladie et le délabrement progressif de son état.

Sans perdre un instant, Mme Lortier introduisit le jeune docteur Namer dans le cabinet de son mari pour le mettre au courant des dossiers et des habitudes de ce dernier. Le luxe de cette autre pièce de la villa ne le cédait en rien à celui du petit salon. Le jeune remplaçant comprit, à l'épaisseur du fichier, que ce cabinet était prospère. Il résolut alors de prendre toutes dispositions pour maintenir ascendante cette courbe de fréquentation, et administrer la preuve qu'il était tout à fait à la hauteur de la tâche. Il n'était pas de ceux qui se laissent impressionner par le travail. Il voulait aussi tailler en brèche les idées reçues selon lesquelles les nègres sont paresseux.

Le lendemain, l'air satisfait, Gustave avait retrouvé le chemin du cabinet dès les premières heures de la matinée. Quelques patients l'y attendaient déjà. Les consultations commencèrent aussitôt.

Les jours suivants, par une enquête discrète auprès des malades, Mme Lortier apprit que le jeune médecin leur donnait entière satisfaction.

La fin du mois de septembre arriva et, avec elle, les premiers honoraires que Gustave allait pouvoir enfin empocher. Il ne s'estima nullement lésé en ne percevant que 30 % de la recette mensuelle. Le volume de travail abattu était tel qu'il pouvait en attendre de substantiels revenus en dépit de la fraction inégale qui lui était réservée. Pour la première fois, il prit conscience de la longue route qu'il avait dû parcourir pour atteindre un tournant décisif dans sa vie économique : il était désormais devenu l'artisan et le créateur de ses propres revenus.

Une multitude de projets affluèrent dans sa pensée :

fallait-il en faire part aux copains ? Changer de logement pour fuir la chambrette de tante Ernestine ? Expédier un mandat à Charlotte, sa mère ? Effectuer un premier dépôt à la Caisse d'Epargne ? Compléter et embellir sa garde-robe ? Repartir à la conquête d'Annette en l'invitant avec son frère au restaurant ?

Gustave n'eut pas trop du parcours Neuilly-Paris en autobus et en métro pour bien soupeser chacun des projets qu'il passait en revue dans sa tête. Refusant de s'avouer vaincu, il donna la prééminence à la reconquête d'Annette. Il lui écrivit, mais, cette fois-ci, il s'y prit autrement ; il eut la précaution dans sa lettre de paraître s'intéresser au jeune frère d'Annette qui s'apprêtait à commencer des études de médecine, d'après ce qu'elle lui en avait dit. En lui proposant son aide, Gustave était sûr que ce jeune frère, du nom d'Armand, allait mordre à l'hameçon. Celui-ci mit cette aimable proposition sur le compte de la solidarité naturelle entre Antillais et incita sa sœur — tout à fait réticente au début — à accepter l'invitation qu'il leur fit.

Armand y vit son propre intérêt et réussit à vaincre les résistances de sa sœur.

Au jour dit, le dimanche 10 octobre, Gustave attendit ses invités dans un coquet restaurant de la Porte-Maillot. C'était la première fois que lui-même y mettait les pieds. Mais il avait eu toutefois la prudence de le repérer et d'en décortiquer le menu, les jours précédents.

En choisissant ce restaurant, Gustave voulait conquérir par séduction, une séduction multiforme avec pour ingrédients : sa tenue vestimentaire, la renommée du restaurant et du quartier, la qualité et la présentation des mets, sa conversation et surtout le récit de sa jeune expérience de praticien à Neuilly. Neuilly, la banlieue la plus bourgeoise de Paris !

Gustave avait visé juste. Pendant toute la conversation, il prit soin de mettre sous le boisseau son enfance malheureuse, ses études commencées et poursuivies dans une dépendance humiliante chez les Pideuil, affectueuse chez tante Ernestine. Seuls trônaient dans ses propos ses succès aux examens, émaillés de quelques farces d'étudiants au Boul'Mich, le tout couronné par les gains substantiels que lui valait son remplacement. Il y avait de quoi faire saliver le jeune aspirant médecin qui prit dès lors la décision de ne pas perdre de vue un compatriote aussi brillant. Annette se laissa gagner par la satisfaction qui se lisait sur le visage de son frère. Pourquoi après tout refuser de revoir ce garçon intéressant, si beau parleur ? se dit-elle intérieurement.

A l'approche de la rentrée universitaire, Gustave ne se fit pas faute de mettre à exécution les aimables propositions qu'il avait faites à Armand. Bien que celui-ci et sa sœur fussent à l'abri des problèmes matériels, leurs parents leur ayant pris en location un petit trois-pièces, porte de Clignancourt, le jeune homme avait néanmoins besoin de se familiariser avec le monde estudiantin : inscription au restaurant universitaire, adresse des bibliothèques, des librairies spécialisées, recherche des livres précieux et rares, repérage des meilleures salles pour films en exclusivité, etc., etc.

Gustave, qui avait pour principe de distribuer parcimonieusement des renseignements, était bien obligé d'accéder aux désirs du frère pour atteindre la sœur. Il rongeait ses freins pendant toute cette période de générosité forcée. Il allait s'impatienter quand il vit dans l'attitude d'Annette les premières lueurs de l'intérêt qu'elle commençait à lui porter. Armand, sans nul doute, était à l'origine de ce changement. Mais qu'importe, il valait mieux cela que rien du tout.

La santé du docteur Lortier ne s'améliorant pas, le remplacement de Gustave se prolongea d'une durée de trois mois supplémentaires. Gustave allait désormais employer ses revenus à la location d'un logement décent : il en avait vraiment assez de la chambre de tante Ernestine, et il lui tardait d'avoir son propre appartement pour y recevoir des visites, celles notamment d'Annette et de son frère.

La mise en place de ses plans se faisait dans le plus grand secret. Pas le moindre mot à tante Ernestine qui avait refusé jusque-là tous frais de pension, trop heureuse de tisser un cocon d'affection autour de ce « fils » prodige que le hasard avait placé chez elle.

En observant le plus grand mutisme à l'égard de sa grand-tante, Gustave voulait ainsi éviter toute intrusion, et tout jugement selon des critères d'appréciation périmés et inadéquats. Il la savait par avance incapable de conseils judicieux sur le plan social, conjugal, professionnel.

Les recherches de Gustave aboutirent enfin, après de multiples visites d'appartements effectuées le samedi après-midi. Il fit alors part à sa sante de son désir de prendre son autonomie, sous le prétexte de disposer de plus de place pour ranger livres et revues, en soulignant l'importance pour lui de disposer d'une importante bibliothèque qui lui permettrait de travailler davantage.

— Mais tu vas te tuer au travail, lui répondit la quinquagénaire, toute animée de sollicitude à l'égard de son neveu. Enfin, ajouta-t-elle, tu es bien grand maintenant, je comprends que tu veuilles avoir ton chez-toi.

Malgré son âge, tante Ernestine avait suffisamment d'énergie pour offrir à son « fils » de lui faire un ménage en profondeur avant son installation.

Gustave ne déclina pas cette offre, trop heureux d'avoir

à économiser des frais de main-d'œuvre. Armand et deux autres copains l'aidèrent à hisser le mobilier succinct qu'il venait d'acheter, au deuxième étage d'un des immeubles de la rue Marbeuf dans le 8e arrondissement.

C'était un deux-pièces tout confort, assez vaste et pouvant de ce fait contenir plus qu'une bibliothèque. Au fil des semaines, Gustave compléta son mobilier avec des chaises et divers petits meubles. Tante Ernestine prit en charge la batterie de cuisine qu'elle lui offrit intégralement. L'appartement prit enfin toutes les apparences d'un lieu où il faisait bon vivre. Bien qu'incertain du lendemain — combien de temps allait durer son remplacement au cabinet de Lortier ? — il jugea le moment venu d'aborder une phase décisive : demander la main d'Annette.

Une quinzaine de jours après le savoureux repas au restaurant « le Chat Botté » de la Porte Maillot, Gustave avait obtenu le concours d'Armand et d'Annette pour l'aider, en vertu de la tradition du coup de main, à tapisser puis à installer son nouvel appartement. Annette jugea tout naturel d'enfiler une tenue négligée pour se ménager plus d'aisance dans les mouvements qu'elle aurait à faire : des espadrilles, un short, un chemisier en cotonnade, déboutonné à mi-hauteur laissant apparaître les prémisses d'une poitrine pulpeuse, un fichu noué autour des cheveux. Cette tenue de ménage ne put que plaire à Gustave qui appréciait ses formes harmonieuses et parfaitement moulées et, en se pâmant devant sa soyeuse chevelure, il revoyait l'image de ses sœurs grimaçant de douleur chaque matin quand, étant petites, le peigne s'apprêtait à défaire leurs « petites nattes » [9].

La pensée d'avoir tous les jours de sa vie une telle beauté pour compagne transporta Gustave au paroxisme de la passion. Il ne détachait pas son regard d'Annette qui le sentait s'éprendre d'elle. Pour éviter d'être son centre d'intérêt, elle prit la direction des opérations en ayant soin d'assigner une tâche à chacun.

— Passe-moi la colle et le chiffon, disait-elle à l'un.

— Dépêche-toi, ne donne pas à la colle le temps de sécher, lançait-elle à l'autre.

— Fais attention, ta main est de travers.

— Ce meuble est trop lourd, aidez-moi à le transporter, messieurs, etc., etc.

Les ordres étaient donnés avec l'autorité qui sied à un chef de chantier. Les travaux furent rondement menés.

En fin de journée, une fois seul, Gustave reprit le cours de ses réflexions à l'endroit où il les avait laissées, trois mois plus tôt, à la terrasse du café du boulevard Saint-Germain, en compagnie de Gaston Army. Cette scène de « coup de main » lui avait livré sans paroles et sans discours, la nature intime d'Annette.

Que peut-on porter à son crédit, se dit-il ? Elle a su faire preuve de bon goût en choisissant la tapisserie et les rideaux ; je n'ai décelé chez elle aucune répugnance pour les activités de bricolage, de nettoyage et de cuisine qu'elle a menées de front toute la journée. Une seule chose me chiffonne cependant : je la trouve un peu autoritaire, et puis elle semble avoir mis au second plan ses études de pharmacie car elle n'en a nullement parlé.

Gustave estima que rien ne pouvait cependant contrecarrer sa décision.

« Elle est volontiers tournée vers la tenue et l'embellissement d'un intérieur. Que peut-on demander d'autre à une maîtresse de maison ?

En disant cela, il revit le magnifique salon de Mme Lortier.

Le déroulement de cette journée dominicale, l'installation de son nouveau logis avaient donné à Gustave l'occasion de faire une importante moisson de réflexions et résolutions. La nouvelle implantation géographique dans un autre quartier de Paris n'avait pas épuisé ses économies. Il écrivit à sa mère pour l'informer de sa nouvelle adresse. Elle seule retenait encore son attention à l'exclusion de tous les autres membres de sa famille. Il justifia ce changement d'adresse par les mêmes raisons qu'il avait alléguées à tante Ernestine.

Peu à peu, tante Ernestine occupa une place de moins en moins importante dans la vie de Gustave dont les visites s'espaçaient puis s'arrêtèrent pratiquement à tel point que lorsqu'elle tomba malade, Gustave ne le sut que deux mois plus tard. Meurtrie de ne pouvoir prévenir ce « fils » qu'elle avait hébergé et tant choyé pendant près de huit ans, elle fit appel à l'un des médecins de la Salpétrière pour qu'il la soignât.

CHAPITRE VII

Le 2 janvier 1956, Gustave se rendit chez tante Ernestine pour lui présenter ses vœux et lui faire part de ses projets matrimoniaux, avec toutefois peu de précisions pour qu'elle ne crût pas l'événement imminent. Il arriva au cinquième étage, essouflé, et il se demanda comment il avait bien pu gravir ce calvaire pendant tant d'années ; il commençait à s'habituer au confort des deux étages avec ascenseur de la rue Marbeuf. C'est ce jour-là qu'il apprit que sa tante avait été malade puis soignée par quelqu'un d'autre. Il allait s'empêtrer dans d'obscures explications quand il eut recours au prétexte des visites à domicile qu'il avait à effectuer à une heure fort avancée de la soirée pour donner satisfaction à la clientèle du docteur Lortier. Ils échangèrent quelques vagues propos sur la politique du moment, sur la guerre d'Algérie. Tante Ernestine parla de prendre sa retraite ; lui, il présenta le mariage comme une probabilité qu'il convenait d'envisager à son âge.

— En effet, lui répondit tante Ernestine, tu as maintenant trente ans, et il ne faut pas que tu te rabougrisses comme un vieux garçon sur tes livres.

Gustave n'en dit pas davantage sur son projet, satisfait d'avoir obtenu cet accord de principe. Au moment des adieux, il reçut un gros nougat de Montélimar que tante Ernestine avait spécialement acheté à son intention, une manière de lui faire des gâteries comme cela lui était si souvent arrivé. C'est à ce moment qu'il réalisa que sa visite à sa grand-tante ne s'était accompagnée d'aucun présent, en dépit de ce que recommande l'usage.

Le week-end d'après, Gustave se rendit chez Annette et son frère à la rue Clignancourt. Ce dernier étant absent, il y trouva Annette seule en train de travailler. « Quel heureux concours de circonstances », pensa-t-il. Fort de la caution morale de tante Ernestine et mû par une passion dévorante, Gustave ne perdit pas une minute en circonlocutions alambiquées. Il alla droit au but et déclara tout de go :

— Laisse tes livres un moment et écoute ce que je te dis : tu sais, je t'aime, je me suis mis à t'aimer dès l'instant où je t'ai vue pour la première fois. Pour être heureux, il faut que je t'épouse. Ne refuse surtout pas sinon je vais me suicider de désespoir. Il faut que tu acceptes et nous nous marierons bientôt.

Annette demeura interdite à l'écoute de cette déclaration qui avait des accents d'ultimatum.

Un long silence s'installa. Puis, avec beaucoup de calme et de sang-froid, Annette parla :

— Laisse-moi le temps de réfléchir : je viens tout juste de commencer mes études de pharmacie. Mes parents seraient très déçus si je les abandonnais. Enfin, il vaut mieux attendre.

Annette avait bien senti le regard insistant de Gustave, le jour du déménagement, mais elle était loin de penser que cet intérêt dissimulait le coup de foudre. D'un revers de la main, Gustave balaya tous les arguments d'Annette :

— Tes études de pharmacie, il n'est pas question que tu les abandonnes, bien au contraire, je t'aiderai à les poursuivre. Quant à tes parents, je leur écris tout de suite pour leur préciser qu'un docteur en médecine qui gagne sa vie n'est pas un aventurier. A trente ans, on a suffisamment de poids à la tête pour ne pas agir à la légère.

A bout d'arguments, Annette demanda néanmoins à Gustave quatre jours de réflexion. Gustave éprouva un réel soulagement consécutif à sa brutale déclaration d'amour et n'eut pas la curiosité d'examiner le cadre de vie des enfants Paul-Henry, comme c'était son habitude dès qu'il franchissait le seuil d'une porte qui n'était pas la sienne. Il fut absolument insensible à l'indescriptible désordre qui y régnait : lits défaits, vêtements jetés, évier encombré d'une vaisselle de deux jours, livres, papiers et revues jonchant le sol. Peut-être en eût-il été autrement s'il avait annoncé sa visite.

Non, tout cela n'était que des considérations secondaires. Au milieu de tout ce fatras, une seule chose avait du prix à ses yeux : l'éblouissante blancheur de cette beauté antillaise.

Quand il estima sa mission remplie, il dévala les deux escaliers de cet immeuble d'un standing assez correct du XVIIIe. Son départ ne précéda que de quelques minutes le retour d'Armand, qui comprit très vite, en voyant le visage de sa sœur, qu'il s'était passé quelque chose. Confuse d'avoir reçu la visite de ce jeune et élégant médecin dans ce champ de bataille dont l'appartement offrait le spectacle, et profondément bouleversée, Annette relata à son frère les événements qu'elle venait de vivre. A peine avait-elle terminé qu'Armand, qui avait prêté une oreille attentive à ses propos, lui répondit :

— Mais tu n'as pas à réfléchir puisqu'il te promet de t'aider à poursuivre tes études ; je ne vois pour ma part aucun obstacle à ce mariage.

Annette, qui avait abandonné son autoritarisme viscéral, fit la moue sans livrer le fond de sa pensée, et lança timidement :

— Mais je ne sais rien de sa famille. Qu'est-il exactement ?

— Peu importe, reprit son frère, impatient. L'essentiel est qu'il ait fait ses preuves. N'est pas aujourd'hui médecin qui veut. Si tu l'épouses, tu seras femme de médecin, ce qui est une extraordinaire promotion pour une femme.

L'argumentation d'Armand laissa Annette indifférente. Le silence et l'indécision de sa sœur l'irritant, Armand poursuivit :

— Tu commettrais une grave erreur en renonçant à ce garçon pour la couleur de sa peau. Le moment est venu de jeter par-dessus bord toutes les fadaises et préjugés qui ont cours chez nous.

Armand avait deviné les raisons profondes de la perplexité de sa sœur ; il renchérit sur le ton de l'exaspération.

— Il est maintenant trop tôt pour que tu t'inquiètes de savoir quels seront le teint et le type des enfants qui naîtront de cette union. Là n'est pas l'essentiel. Considère plutôt la gentillesse de ce garçon, sa brillante carrière d'étudiant et la profession plus qu'honorable qu'est la sienne. Et puis ne perds pas de vue qu'il a promis de nous aider tous les deux. En voilà de bien bonnes ! Madame fait la difficile maintenant. Mais pour qui te prends-tu donc ?

Ebranlée par les arguments que lui assénait son frère, Annette se rendit enfin, confuse d'avoir laissé deviner les raisons réelles — et inavouables — de son hésitation. « Alea jacta est » se dit-elle intérieurement comme pour apaiser l'ire de son frère qui ne se dominerait plus si cette conversation devait se prolonger.

— Oui, mais il y a autre chose, s'empressa-t-elle d'ajouter. Comment apprendre la nouvelle aux parents ?

— Ne t'inquiète pas, je m'en charge, interrompit Armand aussitôt.

Armand semblait décidément plus pressé de conclure le mariage que sa sœur, la principale intéressée. Etait-ce par pressentiment d'un bonheur pour elle ? Avait-il complètement perdu de vue ses intérêts dans l'affaire ? Quoi qu'il en soit, il n'aurait pas permis à Annette de revenir sur sa décision. Il s'assurait chaque jour que son assentiment ne vacillait pas.

Le délai de réflexion expira. Gustave n'attendit pas un jour de plus pour aller quérir la réponse qu'il attendait impatiemment ; il n'avait pas hésité à écourter pour cela ses consultations au cabinet du docteur Lortier !

Un refus eût été mortel pour lui. Comme pour l'exorciser, il décida de se faire précéder d'un magnifique bouquet de roses d'un rouge vif, par porteur.

Il sonna ; on lui ouvrit aussitôt. Annette et son frère lui firent un excellent accueil. Le sourire d'Annette qui salua son arrivée lui fut d'un prix inestimable.

— As-tu reçu mes fleurs ? s'inquiéta-t-il aussitôt.

— Je t'en remercie, c'est très gentil, répondit Annette ; elles viennent tout juste d'arriver.

Au moment où elle s'apprêtait à garnir le bahut de ce bouquet, elle se rendit compte que l'appartement était dépourvu de pots à fleurs. Elle eut alors recours à un bocal de pruneaux vide. Gustave qui maîtrisait difficilement son impatience avait à peine remarqué que ces fleurs et le pot étaient en parfaite dissonance. Armand, l'épiait à la dérobée, comme s'il voulait trouver en lui la confirmation de toutes les qualités qu'il avait décrites à sa sœur. Celle-ci allait et venait, faisant mine d'achever la mise en ordre de cet appartement qui visiblement n'en avait pas besoin. D'un air détaché, Armand essaya d'engager la conversation sur l'exercice de la médecine et notamment sur le cas difficile rencontré au cours de la journée.

Gustave, qui n'était nullement d'humeur à parler métier, n'ébaucha aucune réponse, et entra dans le vif du sujet :

— Je voudrais bien savoir ce que pense Annette de ce que je lui ai dit la dernière fois.

— Reste avec nous ! cria Armand à sa sœur qui s'était glissée furtivement dans la chambre. Viens donc, Gustave a quelque chose à te dire.

Annette revint, on eût dit presque à contre-cœur, et prit place à l'autre bout de la table à manger.

— J'ai bien réfléchi, dit-elle d'un ton timide et sans réelle conviction. Je suis d'accord mais il nous faudra écrire à nos parents respectifs, et surtout prendre le temps de nous connaître.

Gustave fut satisfait de cette réponse affirmative quoique un peu tiède. Il pensa maintenant qu'il fallait préparer le contexte qui allait emporter de manière plus décisive l'adhésion d'Annette et précipiter les événements.

Armand, pendant ce temps, et sans en rien laisser

paraître, fulminait contre sa sœur qui ne s'était pas montrée suffisamment empressée à son gré. Voulant sans doute arranger les choses, il ajouta à l'intention de Gustave :

— Tu sais, ne te formalise pas, Annette est très timide. L'autre soir, après ton départ, elle m'a confié qu'elle t'apprécie et t'aime beaucoup mais n'ose pas te le dire.

Avec cette intervention d'Armand, Gustave se sentit comblé d'autant qu'Annette, un peu confuse, n'émit aucun démenti. Il se leva aussitôt pour embrasser Annette et la serrer dans ses bras. C'était la première fois qu'il se permettait une telle audace.

Annette se laissa faire mais sentit un frisson la parcourir dès qu'elle eût posé un baiser sur la joue moite de Gustave. Un déclic se produisit en elle, lui donnant la fugitive impression de n'être plus la même. Au moment de l'étreinte, un tressaillement l'avertit que son corps venait de céder sous la tendre domination des caresses de Gustave.

Pour ne pas gêner les amoureux, Armand s'était discrètement retiré dans la cuisine pour préparer des rafraîchissements.

Gustave retourna chez lui, rue Marbeuf, heureux comme un prince. Quant à Annette, une nuit agitée l'attendait, comparable à celle qu'avait traversée Gustave le jour où il l'avait connue au repas de première communion chez les Matier. La sensation qu'elle avait ressentie quand les lèvres de Gustave touchèrent les siennes, fit chanceler sa volonté. Elle en perdit le sommeil. Le surlendemain, Gustave se présenta, portant un bouquet de roses — d'un rouge toujours vif —, et d'un vase en céramique de Vallauris. Ce n'était plus le garçon transi, plein d'appréhension pour l'issue de la bataille. Il se présentait en guerrier victorieux, enhardi par l'affection de ce cœur qu'il venait de conquérir de haute lutte et à force de patience.

Très désireux d'imprimer une accélération aux choses, il était venu s'entendre avec Annette sur la stratégie à adopter pour prévenir les parents et fêter les fiançailles. Concernant le premier point, il soumit à Annette et à Armand un projet de lettre qu'il avait ainsi rédigée à l'intention de leurs parents :

Monsieur, Madame,

J'ai l'honneur de vous demander la main de votre fille Annette. Martiniquais d'origine, âgé de trente ans, Docteur en médecine, j'exerce depuis trois mois à Paris et gagne honorablement ma vie. Je ne demande qu'à faire le bonheur de votre fille dont j'ai apprécié les nombreuses qualités. Aussi vous serai-je très reconnaissant si vous me faisiez le bonheur de m'accorder sa main.

Heureux à l'idée d'une réponse affirmative de votre part, je vous prie d'agréer, Madame, Monsieur, l'expression de ma filiale déférence.

G. Namer

En lisant cette lettre — très bien tournée selon eux — Annette et son frère restèrent coi car ils venaient de réaliser que leurs parents ignoraient qu'ils avaient fait la rencontre de ce garçon. Jugeant cette relation sans importance dans les premiers jours, ils ne leur en avaient rien dit. Il fallait donc retarder l'expédition de cette lettre qui aurait eu sur eux l'effet d'une bombe. Ils jugèrent donc préférable de les préparer psychologiquement, ce que fit Annette par l'entremise du petit billet qu'elle leur expédia :

Chers parents,

L'année universitaire a bien commencé. Nous nous

sommes sérieusement mis au travail. Nous avons eu la chance de rencontrer au restaurant un jeune médecin martiniquais qui a brillamment achevé ses études. Il nous paraît très sérieux et a promis de nous aider.

Affectueusement,

Annette

A la réception de ce petit mot, M. et Mme Paul-Henri reçurent l'assurance que cette deuxième année universitaire avait commencé sous d'heureux auspices, pour leurs enfants, et ils en furent apaisés.

Entre-temps, Gustave pressait Annette de tout mettre en œuvre pour fêter les fiançailles. Armand partageait ce point de vue, afin d'introduire au plus tôt Gustave dans sa famille, et de pouvoir bénéficier ainsi de son expérience. Il l'aurait désormais à portée de main.

L'idée que lança Annette de refaire une petite fête sur le mode de la communion des Matier, pour savourer la bonne cuisine de tante Ernestine, fut aussitôt réfutée par Gustave qui ne tenait pas trop à introduire sa tante dans sa nouvelle sphère de relations. Pour qu'elle renonçât à ce projet, il argumenta que le poids des ans avait eu raison de sa dextérité, puis il attira l'attention de ses deux amis sur les frais qu'allait entraîner un tel repas : de jeunes étudiants ne peuvent s'offrir le luxe de dépenses inconsidérées ; une organisation sage était de loin préférable. Finalement, ils optèrent pour un goûter entre quelques amis intimes que l'on réunirait à la rue Marbeuf.

Les époux Paul-Henri ne tardèrent pas à recevoir la demande en mariage de Gustave. Perplexes et surtout étonnés de la soudaineté de cette nouvelle, ils écrivirent aussitôt aux Matier en les priant de leur donner un avis sur le prétendant d'Annette, leur apprenant par la même occasion que le neveu de tante Ernestine, qu'ils avaient connu quelques mois plus tôt, allait devenir un membre de leur famille.

S'appuyant sur les souvenirs qu'ils avaient gardés de lui, ils firent à M. et Mme Paul-Henri une description flatteuse du soupirant. Apaisés, ces derniers prirent le temps qu'il fallait pour donner leur accord en ces termes :

Cher Monsieur,

Nous avons le plaisir d'accuser réception de la lettre par laquelle vous nous demandez la main de notre fille Annette.

Nous vous l'accordons à condition que l'affection que vous lui portez ne soit pas entachée d'irrespect. Nous prenons acte de votre désir de l'aider et de faire son bonheur.

Nous souhaitons que la cérémonie du mariage se situe en fin d'année universitaire de façon à ne pas perturber les études de notre fille et aussi pour nous permettre de l'entourer.

Nous vous prions de croire à nos sentiments les meilleurs.

Auguste et Marcelle Paul-Henry

Le ton solennel de cette lettre n'avait pas manqué de frapper Gustave. Il découvrit du même coup que ses parents et encore moins son père n'auraient jamais pu s'exprimer de la sorte. En tout cas, une chose était claire pour lui : la famille Paul-Henri tenait les rênes du pouvoir. En dépit de la distance, Annette et Armand n'avaient pas du tout conquis leur autonomie. Il n'était donc pas question d'évincer leurs parents de la noce. Dans les premiers jours de mars, on célébra les fiançailles. Gustave qui, à l'origine, entendait donner à cette petite cérémonie les limites étroites d'un cercle d'amis, se vit imposer la famille Matier au grand complet. Ceux-ci avaient reçu en effet mandat de représenter les parents de la fiancée et de leur faire un compte rendu fidèle du déroulement des événements.

Comme l'absence de tante Ernestine eût paru inexplicable, Gustave se vit contraint de l'inviter. Ce sont d'ailleurs ses fiançailles qui permirent à tante Ernestine de franchir pour la seconde fois, et après cinq mois de séparation, le seuil de son nouveau domicile.

Les murs de l'appartement de la rue Marbeuf n'étant pas extensibles, la liste des amis et copains pressentis s'en trouva réduite, afin de ménager plus de place aux parents des fiancés. Gustave avait tenu à ce que son domicile fût le théâtre de la petite fête, parce qu'il y voyait un élément supplémentaire du crédit qu'il devait inspirer aux Paul-Henry par l'intermédiaire des Matier. Largement imprégné par la splendeur du salon des Lortier, il put aménager son intérieur avec bon goût, en dépit de ses faibles moyens de médecin débutant et, en effet, les Matier remarquèrent la sobre élégance de l'appartement.

Annette avait donc fait des concessions à son fiancé et accepté la préférence de celui-ci pour un goûter, avec buffet garni de pâtisseries variées arrosées de jus de fruit et de punchs — à dose homéopathique compte tenu de l'heure.

L'ambiance fut à la gaieté, une gaieté savamment entretenue par Armand, et surtout Gustave, le maître de céans, le plus heureux de la troupe.

Fidèle à sa « mission », M. Matier s'était converti en reporter-photographe, et ne cessait de mitrailler la joyeuse assemblée avec le flash aveuglant de son Kodak, et il ne manqua pas d'immortaliser l'instant solennel de la remise de la bague.

Les festivités prirent fin vers 22 heures, Gustave ayant, avec courtoisie, fait comprendre à ses invités qu'il n'aurait pas trop de huit heures de sommeil pour se rendre frais et dispos, le lendemain, lundi matin, au cabinet du docteur Lortier.

C'est à partir de cette date que Gustave estima avoir franchi une étape suffisamment importante de sa vie sentimentale pour en parler à ses parents. Toujours très avare de précisions, il écrivit à sa mère.

Tu sais, maman, l'âge monte. Je me sens si seul à travailler comme un forcené dans ce grand Paris. Tante Ernestine étant un peu fatiguée, et pour lui éviter des tâches supplémentaires, j'ai dû chercher un autre logement. Je crois que je vais bientôt chercher une compagne pour m'aider à supporter cette solitude. Je t'écrirai plus longuement une autre fois et t'embrasse affectueusement.

Ton fils Gustave.

La mère Charlotte répondit quelques jours après à son fils pour l'inciter à revenir au pays ; car elle avait très envie de le revoir, après tant d'années d'absence. Elle lui fit part des changements survenus dans la famille : la reconstruction « en dur » de la maison familiale, avec l'aide financière des aînés ; le mariage imminent de sa sœur cadette avec un de ses collègues de l'usine du Gros-Morne ; la promotion obtenue par ses frères au sein de l'équipe municipale, etc., etc.

Ces informations qui reflétaient un changement sensible dans le cadre de vie de Charlotte, ne furent pour Gustave que l'indice d'une amélioration toute relative. Il estimait qu'il était le seul dans la famille à avoir atteint les plus hauts sommets. C'était lui pour tout dire le phénix de la famille.

CHAPITRE VIII

Gustave voulut que le temps des fiançailles fût, pour Annette, une parenthèse de félicité. Il en tirait pour lui-même un réel bonheur en la couvrant de mille et une prévenances. Ces manifestations de tendresse lui révélaient une autre partie jusque-là insoupçonnée de lui-même ; et il en était heureux.

Les sorties au spectacle et au restaurant ne manquèrent pas. Elles n'évincèrent pas pour autant les conseils et l'aide effective aux études. Tout cela figurait dans un calendrier hebdomadaire bien rempli et habilement agencé.

Un soir, à la sortie du théâtre de la porte Saint-Martin, il l'invita dans un restaurant proche, et commanda une délicieuse assiettée de cuisses de grenouilles, spécialité de la maison. Gustave s'était dit que cette curiosité gastronomique et la comédie burlesque qui l'avait précédée créeraient les conditions psychologiques qui permettraient à Annette de prêter une attention pas trop soutenue au récit — fort succinct d'ailleurs — qu'il allait lui faire de sa future belle-famille. Sous l'effet de cette ambiance agréable, Annette n'entendait que vaguement des bribes de phrases telles que : « famille nombreuse », « Saint-Joseph », « mère affectueuse et pleine d'ardeur au travail ». Elle ne voulut guère en savoir plus, accaparée par tout ce qui la rendait heureuse ce soir-là : le cadre assez prestigieux, le rouge éclatant des nappes, le parfum insolite de l'alcool et de la cigarette se combinant à un fond de musique douce et romantique, et surtout la compagnie de celui qu'elle s'était mise à aimer.

Elle aurait bien largement le temps de s'intéresser à sa belle-famille. Gustave avait obtenu ce qu'il voulait :

annihiler la curiosité d'Annette pour sa famille et ses origines modestes.

A mesure qu'approchait l'ultime échéance, Gustave ne cessait de glorifier le hasard qui l'avait mis sur le chemin de cette adorable créature dont le moindre mérite était — selon lui — d'avoir miraculeusement échappé aux rayons brunissants du soleil antillais.

D'un commun accord, les fiancés choisirent de sceller leur union à la mi-juillet de la même année, se conformant en cela à la volonté des parents Paul-Henri. Gustave fut bien obligé de respecter certaines convenances : par lettre, il pria sa mère d'aller rendre visite aux Paul-Henri accompagnée de sa sœur cadette. Il avait écarté son père de la délégation. Il insista pour que sa mère remît à plus tard toute invitation aux Paul-Henri. Dans cette recommandation, il y avait la crainte de décevoir les parents de sa fiancée malgré la réfection de sa maison natale. En tout cas, les informations reçues ne lui avaient pas inspiré confiance. Le nombre des années passées à l'extérieur renforçait ses doutes. Par contre Gustave voulait en savoir toujours plus sur sa future belle-famille. Sa fiancée lui apprit que Mme Paul-Henri exerçait à l'école d'application de la rue Perrinon — c'était donc une institutrice d'élite —, que son mari n'avait que quelques pas à faire sur la distance qui séparait son domicile, rue Victor-Hugo, de son bureau abrité par l'Hôtel des Postes sur la Savane [11] ; que la voiture familiale ne sortait de ce fait que le dimanche, jour de visite aux grands-parents Paul-Henri qui avaient, dans leur jeunesse, exercé le dur métier de marin pêcheur et de marchande de poissons aux Anses d'Arlets ; que ces derniers n'avaient pas caché leur satisfaction en apprenant le prochain mariage de leur petite fille avec le docteur Namer.

En Martinique, Mme Paul-Henri exultait à l'idée d'organiser une fastueuse cérémonie nuptiale à la Cathédrale de Fort-de-France au cours de laquelle on aurait entendu l'orgue interprétant une toccata de Bach. Les voix célestes de la chorale « Bonheur de chanter » auraient fait planer sur les époux la langue de feu du Saint-Esprit en chantant le « Veni Creator ». Il y aurait eu de nombreux invités. Mme Paul-Henri était prête à tout entreprendre pour que le mariage de l'aînée de ses trois filles fût grandiose. Hélas, ce projet fastueux dut être abandonné car il se heurta au veto de Gustave qui ne voulait pas entendre parler de revenir au pays. Les parents de la mariée durent se résoudre à s'envoler pour Paris.

Le 16 juillet 1956, les jeunes époux reçurent la bénédiction nuptiale en l'église Notre-Dame de Clignancourt qui domine la place Jules-Joffrin. En homme pressé et pragmatique, Gustave avait choisi cette petite place du 18e arrondissement où il avait tout sous la main : l'église, la mairie, y compris le commissariat de police auquel il aurait eu à s'adresser si une vilaine fée venait *in extremis* lui enlever sa proie !, le restaurant, la banque ; ces deux derniers services en guise d'heureux présage sur les fonts baptismaux de son bonheur.

La cérémonie terminée, celui qui s'était imposé les affres d'une longue attente, respira profondément. D'un pas ferme, il prit la tête du cortège pour traverser la rue, tirant par le bras sa bien-aimée comme s'il voulait l'arracher aux congratulations d'usage. Un soleil épanoui et goguenard assistait à la scène. Les autres invités, un peu éberlués, n'eurent qu'à allonger le pas pour franchir le seuil de « la Pièce Montée », discret petit restaurant au nom prédestiné tapi sous la frondaison de la rue Ordener, qui leur avait préparé en toute simplicité un banquet de noces pour une vingtaine de personnes. Y assistaient, outre les Matier, quelques bons copains de Faculté ; puis tante Ernestine claudiquant sous le poids de l'âge dont le visage, naguère rieur, laissait apparaître les signes de la sénescence. Sa toilette n'avait pas l'élégance requise pour la circonstance, ayant été prévenue à la dernière minute par Gustave. Ce dernier avait prétexté une nouvelle fois son manque de temps et avait dû insister pour obtenir la présence de cette grand-tante à la cérémonie. Tante Ernestine, que les Matier avaient tenue informée des préparatifs de la fête, s'y rendit enfin, le cœur serré, ahurie devant ce qu'elle n'osait appeler de l'ingratitude de la part de ce petit neveu à qui elle avait ouvert sa chambrette un soir de décembre 1946.

Ce mariage « à la parisienne » ne déplut pas trop à Mme Paul-Henri, agréablement surprise par les qualités de son gendre, aux petits soins pour elle dès les premières heures de son arrivée à Paris. Elle gardait tout de même la nostalgie de la belle réception que l'on offre aux Antilles en pareilles circonstances.

CHAPITRE IX

Le voyage de noces fut pour les jeunes époux et pour Gustave en particulier, la source d'un bonheur ineffable. Ils s'étaient blottis dans la chaleur douillette d'un petit hôtel de Ventimille en Italie, relique des splendeurs architecturales de l'époque Médicis, avec pour cadre à leurs ébats un romantique jardin fleuri sur lequel s'ouvrait la fenêtre de leur chambre.

Le choix de cette petite ville italienne était due à sa proximité de la Riviera française que fréquentaient les célébrités internationales au rang desquelles Gustave espérait bien figurer un jour.

Il n'aurait pas fallu moins que le pinceau de Michel-Ange pour rendre dans toute sa pureté l'intensité de l'amour idolâtre que le jeune époux portait à celle qui était devenue sa princesse, sa déesse, mais qui allait aussi devenir sa chose, sa propriété, qu'il pourrait façonner à son gré.

La jeune épousée ne croyait pas qu'un bonheur pareil fût possible. Elle s'y abandonna cependant, se laissant doucement glisser dans la délectation que procurait le charme du décor dont la complicité intensifiait, à sa manière, la passion de ces deux êtres.

Avec toute la minutie dont fait preuve celui qui est accoutumé à gérer son temps, Gustave estima suffisantes la nuit et la première journée qu'il avait consacrées aux manifestations de tendresse ; il fallait que maintenant les choses plus sérieuses prissent le relais des cajoleries. Par choses sérieuses, il entendait les études d'Annette ; l'aménagement complémentaire dont l'appartement de la rue Marbeuf avait besoin, la gestion du budget, la recherche d'un autre remplacement, etc., etc. Mais, en plus de toutes ces considérations naturelles à deux époux soucieux de prévoir l'organisation de leur vie conjugale, il y avait un point sur lequel Gustave allait s'appesantir avec une singulière insistance : c'était la nature des rapports que le couple devrait désormais entretenir avec les autres ; les autres, c'est-à-dire tous ceux parents, amis, copains d'université — qui étaient extérieurs au noyau qu'ils constituaient désormais.

— Ma chérie, commença-t-il sur un ton empreint à la fois de douceur et de gravité, — Annette s'était mise à l'écouter en l'absorbant du regard comme pour recevoir de lui une information insolite, troublante ; à ce moment précis, ils se tenaient côte à côte autour de la table où ils venaient de prendre leur petit déjeuner —, ma chérie, reprit-il hésitant un peu, tu sais, notre bonheur vaut à mes yeux plus que tout l'or du monde. Il nous faut le préserver coûte que coûte.

— Mais c'est bien là mon intention, répondit Annette avec un naturel qui semblait vouloir dissiper le climat de mystère instauré par l'entrée en matière de son mari.

— Pour vivre heureux vivons cachés, continua-t-il en citant le vieil adage. Pour connaître un bonheur comparable à celui que nous savourons à l'instant où je te parle, il nous faudra nous éloigner de tous ceux qui pourraient le compromettre.

Annette ne voyait toujours pas où il voulait en venir, elle acquiesça cependant :

— Mais assurément, dit-elle, je suis tout à fait de ton avis. C'est tellement évident que je ne comprends guère les raisons qui t'incitent à prendre ce ton de mystère.

— Tu ne peux imaginer l'étendue et la profondeur des sentiments que je te porte, ma chérie. Je crois que je serais en proie à un immense chagrin si je venais à te perdre. J'ai aussi de grandes ambitions pour toi. Je ferai de toi une grande dame ; tu seras élégante, respectée, et j'en serai fier. Je travaillerai autant qu'il me sera possible pour t'offrir une aisance matérielle que d'aucuns nous envieront. Ce succès que je convoite est tout à fait à notre portée mais faut-il encore que nous nous en donnions les moyens.

— Mais il n'y a pas que l'argent qui compte !

— Si tu veux, reprit-il, mais si tu aspires au bonheur des sans-le-sous qui grouillent dans les réfectoires de l'Armée du Salut en attendant le service de la soupe populaire, alors je te dis bon courage. Mais en ce qui me concerne, non merci.

Cette plaisanterie en demi-teinte servit de transition à la suite de son propos. Il allait en aborder la seconde phase.

— Ecoute-moi, ma chérie ; étant de sept ans ton aîné, l'expérience que j'ai acquise me conduit à penser que les idées simplistes et autres inepties que nous inculquent nos parents à la Martinique sont de nature à nous conduire tout droit dans l'impasse. La vie parisienne est une vraie jungle. On ne peut compter que sur soi. Et pour se faire une place au soleil, il est important d'acquérir des compétences afin d'être toujours le meilleur partout et ainsi dépasser et dominer les autres, moyennant quoi on obtient leur respect et leur soumission.

— Tu as peut-être raison dans le fond mais pourquoi me dis-tu tout cela, fit-elle étonnée.

Il la saisit dans ses bras et la couvrit de baisers en lui disant :

— J'aime bien voir ton étonnement de petite fille. Oh ! comme je t'adore, ma chérie.

Il la souleva et la renversa sur le lit où elle fit plusieurs bonds. De grands éclats de rire servirent d'intermède à ce très sérieux entretien qui devait se prolonger sur le lit. Il voulait qu'il en fût ainsi pour atténuer peut-être aux yeux de sa jeune épouse le choc et la dureté des conceptions qu'il se faisait de la vie.

— Enfin, ajouta-t-il, comme pour ménager ses effets, voudrais-tu m'offrir l'image d'une femme désirable, agréable, belle et gentille ?

— Mais oui, mon amour, murmura-t-elle. Je ne demande qu'à te faire plaisir, à faire tout ce que tu veux.

Gustave estima par cette phrase que son épouse avait été suffisamment subjuguée pour lui distiller dans le creux de l'oreille l'essentiel de sa philosophie. L'heure était venue pour lui d'entamer son travail de potier qui façonne de ses mains habiles la terre maléable afin de lui donner la forme voulue.

— Alors écoute-moi bien, ma chérie. Il faut se donner les moyens d'atteindre ses objectifs. Pour cela, dès notre retour à Paris, tu te mettras sérieusement au travail pour prendre un peu d'avance pendant les vacances. Je t'aiderai à retenir les questions importantes que tu devras étudier tout particulièrement. Et pour ne pas être dérangée pendant tes révisions, tu auras soin de mettre à la porte tous ceux que tu n'attends pas, tous ces « chronophages » inutiles qui veulent inconsciemment t'empêcher d'arriver. Tu imposeras ce régime à tout le monde y compris à ton frère Armand qui ne me semble pas avoir pris ses études au sérieux.

En entendant cela, Annette se redressa d'un bond et s'exclama :

— Mais !!... Armand c'est mon frère, je ne peux pas le rejeter comme une vieille chaussette. Nos parents en seraient très malheureux ! Nous avons été élevés dans l'amour familial avec un esprit d'échange et de partage. Et puis n'oublie surtout pas que tu avais promis de l'aider dans ses études.

— Peut-être, reprit-il, mais l'essentiel pour moi, c'est bien toi, ma petite épouse adorée.

Et sur ces mots, il écrasa ses lèvres sur les siennes comme pour étouffer toute objection.

— Tu verras, continua-t-il sans même lui donner le temps de reprendre son souffle, quand j'aurai fait de toi une femme belle, riche, adorable pour tout dire, tu auras tout le monde à tes pieds. L'on se bousculera pour avoir l'honneur de te fréquenter. On nous fera une cour incessante. Au sommet de l'échelle sociale, nous regarderons d'un sourire amusé tous ceux qui ramperont à nos pieds. Evidemment, tu auras toujours le loisir de leur laisser croire autre chose ; c'est on ne peut plus simple : avec des mots suaves, des compliments bien pesés, en somme un habillage verbal, tu pourras toujours donner l'illusion que tu as fait tiennes ces fameuses idées de partage, d'entraide et d'amitié. Toutes ces valeurs sont aujourd'hui démonétisées, elles n'ont cours que dans le royaume — aujourd'hui disparu — de nos grands-mères. Plus tard, quand tu auras compris les sérieuses raisons qui m'ont amené à te tenir ce langage, je te dirai comment procéder pour amener les autres à prendre l'initiative d'amabilités à ton égard sans avoir à leur devoir quoi que ce soit en retour ; comment leur mettre « un bœuf sur la langue » pour tout obtenir d'eux, relève d'une gymnastique simple que tu connaîtras en temps utile. Fais-moi le plaisir, ma chérie, de bien mettre en pratique tout ce que je te dis et tu verras que j'ai raison.

Annette qui, pour la première fois de sa vie, entendait pareil discours, en fut comme paralysée. Encore revêtue de la chemise de nuit nuptiale, elle s'était adossée au montant du lit pour prêter une attention toute religieuse à son époux. Elle demeura médusée, muette de perplexité à l'audition de ce discours qui ne correspondait pas à son attente. Elle se cacha le visage dans ses mains pour sangloter.

Les propos de son mari l'avaient déconcertée et laissée à bout d'arguments. Elle se rendit compte à quel point elle ignorait tout de l'homme avec qui elle s'était unie pour le meilleur et pour le pire.

Certes, il aurait été possible de rétorquer à Gustave que les valeurs d'entraide et de solidarité avaient pris dans sa vie le visage de son institutrice, Mme Ferdunat, celui des Pideuil et enfin celui de tante Ernestine. Toutes ces personnes avaient été autant de marches qu'il avait escaladées pour atteindre le sommet de son échelle.

Mais hélas, méconnaissant le passé de son époux, elle ne lui fit aucune objection de ce genre.

Sautant du lit pour se diriger vers la salle de bain, elle se regarda dans le miroir comme pour se dire : « Est-ce bien moi qui suis là avec cet inconnu que je découvre ? »

Gustave avait senti venir le trouble et le désarroi de son épouse et, comme pour la rassurer, il se dépêcha de la rejoindre pour la serrer contre lui en murmurant :

— Ne t'effarouche pas, mon trésor, j'ai simplement voulu te faire part de mon expérience. La vie est ainsi faite : on y est ou marteau ou enclume. Je n'y peux rien. Avec tout l'amour que j'ai pour toi, je ne demande qu'à te protéger de ta naïveté.

Un silence fort embarrassé mit fin à cette conversation. Pour ne pas accroître le trouble dans lequel il venait de jeter sa femme, il se promit de ne plus mettre cette question sur le tapis.

— Tu sais, ajouta-t-il encore, un époux se doit de tout dire à sa femme, de lui livrer la plus secrète de ses pensées. C'est là un signe de confiance et d'amour. Rassure-toi, nous n'en parlerons plus, tournons la page.

Il saisit un dépliant touristique et le parcourut à la recherche de curiosités historiques et gastronomiques. Il laissa à Annette le soin de composer le programme de la sortie pour l'installer dans son rôle de maîtresse de maison, détentrice d'un certain pouvoir. Annette comprit que son époux acceptait un partage de l'autorité, chacun ayant son domaine réservé.

Promenades, visites guidées, repas au restaurant, baignades, siestes, telle fut la suite sans remous de ce voyage de noces.

CHAPITRE X

Après un voyage de onze heures, le train omnibus déposa les jeunes mariés, épuisés, sur les quais de la gare de Lyon au petit matin d'un dimanche paré aux couleurs de l'été. C'était le 20 juillet 1956.

Il était 7 heures et déjà les rayons du soleil étaient porteurs d'une canicule que jamais, de mémoire de météo, on n'avait enregistrée. Les couloirs du métro les escortèrent de leur fraîcheur jusqu'à leur domicile de la rue Marbeuf, dont les volets clos avaient maintenu une température agréable. Ils s'assirent sur le lit, exténués par le voyage et un peu angoissés par ce retour qui inaugurait pour eux une nouvelle vie. Leurs pensées, à l'unisson, partageaient les mêmes sentiments. Voulant atténuer les appréhensions de son épouse, Gustave rompit le silence.

— J'ai maintenant trente ans. Tout ira très bien. Je n'aurai pas trop de toute la journée pour préparer mes consultations au cabinet du docteur Lortier demain matin à la première heure.

Gustave voulait en redonnant confiance à sa femme, se rappeler à lui-même son image d'homme réfléchi ayant les qualités requises pour parcourir une trajectoire vers les plus hauts sommets.

Contrastant avec les cinq jours précédents de dolce vita, ce troisième dimanche de juillet fut consacré à quelques travaux domestiques et surtout à l'élaboration du programme de l'un et de l'autre. Gustave tout en s'efforçant de mener à bien cette séance studieuse, se montra prodigue en voluptueuses caresses et en doux baisers.

Le lendemain, il se rendit très tôt à la villa des Lortier. Il y fut accueilli par Honorine, la vieille servante, chargée de lui présenter les salutations de Mme Lortier retenue en province au chevet de son mari, dont l'état n'avait pas connu d'amélioration. Quant aux habitués du cabinet, ils s'étaient empressés de retrouver le jeune praticien dont ils attendaient, soit un renouvellement de prescription, soit une ordonnance pour médicaments de première urgence avant la grande migration aoûtienne. Les uns et les autres s'étaient donné de bonnes raisons de recevoir ce jeune médecin qui s'était bien adapté à eux et avait su les entourer de son attention compétente et discrète. Gustave exultait au fond de lui-même, fier de la stratégie qu'il avait déployée pour s'affirmer dans cette société huppée de Neuilly.

Le mois d'août s'achevait quand le décès du docteur Lortier lui fut annoncé brutalement, par téléphone, en fin de soirée, alors qu'il examinait une de ses patientes, la boulangère du coin, revenue prématurément de vacances. La nouvelle les terrassa tous les deux, mais pour des raisons totalement étrangères. Tandis que la boulangère voyait disparaître, la mort dans l'âme, un notable et un de ses clients de longue date, Gustave, lui, comprit immédiatement que cela signifiait pour lui la perte de son emploi et de revenus confortables, et certainement l'éloignement de ce milieu bourgeois dans lequel il avait commencé à se complaire.

Sans perdre son sang-froid, il continua sa consultation comme s'il ne s'était rien passé ; la patiente ne tarissait pas d'éloges à l'égard du défunt, retraçant toutes les étapes de sa vie. Gustave se donna le temps de l'écouter, comme s'il voulait entrer, à titre posthume, dans l'intimité et le style de vie de son confrère pour s'en inspirer dans la poursuite de sa carrière. Dès son retour, Gustave avait appris la nouvelle à son épouse qui avait passé une journée à étudier, rue Marbeuf, en prévision des examens de septembre.

Le décès du docteur Lortier bouleversa tous les plans du jeune médecin. Les économies qu'il avait pu réaliser pendant ces quelques mois de remplacement ne suffisaient pas à l'achat d'un cabinet médical de cette importance, situé dans un quartier si prestigieux. De surcroît, une discorde entre les héritiers, la lenteur des formalités administratives et notariales ne faisaient que reculer l'échéance du versement des émoluments auxquels il pouvait prétendre.

On posa les scellés sur la porte du cabinet du docteur Lortier ; cette mesure jeta la consternation dans le jeune ménage car elle inaugurait une ère d'inlassables recherches de remplacements.

Gustave parcourait régulièrement avec une avidité croissante, « La Revue Médicale » où paraissaient les annonces de remplacement. Mais en cette période estivale, rien n'apparaissait à l'horizon. Le désespoir finit par gagner le couple. En panne de ressources — la bourse d'Annette s'avérant insuffisante à supporter les frais du ménage — la solution la plus pratique et la plus immédiate dans ses effets fut de se tourner vers la générosité familiale. Les Paul-Henri se laissèrent émouvoir par l'incident de parcours que venait de connaître le jeune couple, et ils en admirent le caractère provisoire. De plus, le réflexe de solidarité et de générosité en faveur des enfants notamment, étant aux Antilles monnaie courante, ils expédièrent dans les vingt-quatre heures un mandat de cinq cent mille francs.

Cette somme, dont le montant surprit agréablement le couple, lui fut d'un grand secours. Même dans son accablement, Gustave ne put s'empêcher d'être frappé par la différence de possibilités qu'il constatait entre sa belle famille et la sienne dont il ne pouvait espérer aucune aide. Il essaya d'imaginer sa mère percluse peut-être de rhumatismes, clouée au lit, en dépit de son courage à toute épreuve.

Gustave vécut difficilement cette période riche en bouleversements : le décès du père Lortier ; la vaine attente d'un remplacement et ce qu'il considérait comme l'aumône de sa belle-famille. Tout cela ne présageait rien de bon. Mais il se gardait de sombrer dans la morosité, désireux qu'il était d'offrir à sa femme l'image d'un homme ayant une grande force de caractère, bardé d'une détermination farouche. La résignation et la volonté d'en sortir se livraient en lui un duel impitoyable. Il prit pour confident le miroir rectangulaire de la salle de bain devant lequel il se rasait chaque matin, et qui lui renvoyait l'image de son visage tantôt assombri, tantôt rassuré. Ce long tête à tête quotidien semblait lui procurer la volonté de continuer à croire en lui. Les offres de remplacement que les époux s'employaient à débusquer dans les colonnes de la revue médicale étaient décidément lentes à se manifester. Annette, toute occupée à préparer ses examens, se montrait sereine et trouvait tout à fait naturelle l'aide financière que lui apportaient ses parents depuis deux mois déjà. Les Paul-Henri eux estimaient cette aide comme allant de soi. Très compréhensifs à l'égard d'un jeune ménage qui débute, ils n'étaient pas loin de penser que l'honneur d'avoir un médecin dans leur famille valait bien le coût d'une rallonge à la bourse de leur fille.

Par contre, Gustave, qui avait savouré les délices de l'autonomie lors de son court remplacement au cabinet du docteur Lortier et y avait adopté des allures de grand seigneur, s'en trouva un moment profondément blessé. Il revivait par la pensée sa pénible situation de dépendance chez les Pideuil et tante Ernestine. Mais il surmonta très vite cette amertume passagère. Se considérant après tout comme la gloire et l'honneur de sa belle-famille, il était normal que celle-ci payât la contrepartie. A cet égard, une tacite connivence s'était installée entre les deux parties : les donneurs d'une part et le receveur de l'autre, et elle fit perdre à Gustave tous ses scrupules.

Après deux mois d'attente et de recherche infructueuses, la chance apparut enfin sous la forme d'une offre discrète, d'un cabinet situé rue de l'Ourcq, dans le 19e arrondissement. Gustave se rendit aussitôt sur les lieux pour entrer en négociation avec le titulaire du cabinet ; celui-ci recherchait un cadre de vie plus calme en province. Les conditions étant à sa portée, Gustave ne laissa pas échapper cette occasion : il lui tardait d'utiliser ses connaissances dans d'authentiques actes médicaux. Quant au standing, c'était loin d'être l'idéal.

Situé dans un quartier en pleine reconstruction, l'immeuble présentait une vaste façade jaune paille, craquelée, percée de six rangées de fenêtres aux carreaux voilés d'une pellicule de poussière.

Une épicerie et une cordonnerie se partageaient le rez-de-chaussée, un minuscule couloir à droite étant réservé à la cage de l'escalier qui conduisait tout droit au cabinet médical au premier étage, dont la clientèle se composaient de patients victimes, la plupart du temps, des entailles et autres blessures qu'ils s'étaient faites, soit sur le chantier soit à la suite d'une rixe dans un bar, quand l'alcool embrouillait un peu trop les esprits. On était à cent lieues de Neuilly.

La grisaille de cette façade de six étages était à l'image de la mine éteinte d'une clientèle essentiellement composée de ces femmes aux prises avec l'âpreté de la vie, et de gamins dépenaillés, ravagés par des épidémies de grippe et des maladies infectieuses. En revanche, elle contrastait avec la netteté reluisante des murs blancs et du parquet ciré du cabinet qui, en raison de la sobriété de son ameublement, prenait une allure d'hôpital.

Surprise les premiers jours de se trouver en face d'un médecin au teint foncé, la clientèle en tenue de labeur, aux mains rugueuses, ne cacha pas son étonnement et le manifesta sans circonlocution au médecin qui, de son côté, ne voyait aucun mal à satisfaire la curiosité simpliste de ces gens du peuple.

— Alors, vous étiez en Afrique ? lui demanda un terrassier avant d'exposer les raisons de sa venue.

— Eh bien non, répondit avec indulgence le docteur. Cela fait dix ans que je suis à Paris. J'y ai fait mes études. Mais je suis né aux Antilles.

Le « mais » de Gustave se proposait d'introduire une différence entre l'Afrique et les Antilles, et surtout de faire sentir la distance qui sépare ces deux parties du monde.

— Mais alors c'est tout près ! poursuivit son client dans sa candide ignorance.

Avec un large sourire, Gustave mit un terme à ce cours de géographie, et poursuivit d'un ton à la fois amical et respectueux :

— Alors, dites-moi, de quoi souffrez-vous, Monsieur ?

En rentrant le soir, Gustave fit à sa femme le récit de sa première journée à la rue de l'Ourcq. Annette, encore peu imprégnée des ambitions de son époux, n'y trouva rien à redire. Elle ne perçut nullement dans ses propos que sa nouvelle installation dans ce quartier du 19e avait l'allure d'une dégringolade sociale. L'essentiel à ses yeux était qu'il exerçât la profession pour laquelle il avait fait de brillantes études ; ses parents ne songeraient même pas à supprimer la rallonge une fois qu'ils auraient été informés que Gustave avait repris ses consultations dans un autre quartier de Paris.

L'année s'enfonçait insensiblement dans les brumes automnales, quand, un dimanche matin, Annette fut en proie à un léger vertige qui la sortit de son sommeil. Elle ouvrit les yeux et vit tourner le plafond au-dessus de sa tête. Elle imprima plusieurs secousses à son mari pour l'arracher à son profond sommeil. Ils s'assirent tous les deux sur le rebord du lit. Gustave, encore engourdi, se redressa d'un coup après qu'une idée lui eût traversé l'esprit. « Et si Annette était enceinte ? » pensa-t-il écarquillant les yeux.

Après les tests d'usage, son pressentiment se confirma. Ils en furent transportés de joie. Gustave intensifia ses prévenances à l'égard de sa femme. Elle était à ses yeux plus déifiée que jamais. La nouvelle fut transmise par télégramme à la Martinique. Les Paul-Henri exultèrent à l'idée d'avoir leur premier petit fils, traduisant leur joie par un surplus de libéralités à l'égard du jeune couple. Les préparatifs de la naissance constituaient l'essentiel de leurs conversations à Fort-de-France, à l'école d'application et aux P. et T. Néanmoins, l'institutrice conçut une grande inquiétude pour sa fille qui allait connaître, pour la première fois, les péripéties d'une grossesse puis celles d'un accouchement. Dans l'impossibilité de se rendre à Paris pour l'entourer, elle lui proposa de revenir à la Martinique d'autant que les remplacements qu'effectuaient son gendre revêtaient à ses yeux un caractère précaire et aléatoire.

La proposition de sa belle-mère n'était pas de nature à plaire à Gustave qui avait définitivement tiré un trait sur la Martinique. De quoi donc avait-il peur, cet homme qui se disait cuirassé de courage et de volonté ? Il se fit prier, et sa femme s'arma de patience pour vaincre ses réticences. Il céda enfin, sous l'instante pression de son beau-père qui lui fit une proposition intéressante : son installation définitive dans un cabinet libéré par un vieux confrère qui venait de passer de vie à trépas. Pour lui forcer la main, M. Paul-Henri n'avait pas hésité à verser des arrhes pour arrêter l'affaire, dont le coût n'avait rien de comparable avec celui des cabinets parisiens.

Gustave ne put persévérer dans son refus et s'inclina devant le fait accompli, impressionné d'ailleurs par les moyens financiers de son beau-père.

En cette fin de décembre 1956, dix ans après, quelle Martinique Gustave allait-il trouver ? Quel était l'état de santé de sa mère ? Qu'étaient devenus ses frères et ses sœurs ?

Mais la question primordiale qui le tenaillait était surtout celle-ci : la maison familiale, bien qu'étant restaurée, allait-elle être à la hauteur de l'accueil qu'il souhaitait que l'on réservât à sa femme ?

CHAPITRE XI

A l'arrivée du paquebot de la Compagnie Générale Transatlantique Colombie, en ce petit matin de décembre, toute la famille Paul-Henri — père, mère, frères, sœurs et autres cousins — s'était rassemblée sur les quais de la « Transat », impatiente de voir apparaître, du haut de la passerelle, ceux qu'elle était venue accueillir, tels des héros rentrant triomphants d'une guerre. Gustave incarnait en effet à leurs yeux, la victoire remportée sur la pauvreté et l'acceptation résignée de la fatalité.

Des flancs de l'énorme paquebot jaillissait un flot continu de voyageurs qu'attendait une foule dense agitant mains et mouchoirs sur le quai. Chacun de part et d'autre tentait de reconnaître les siens.

C'est Annette qui la première reconnut son père qui jouait du coude pour se rapprocher de la passerelle et soulager les arrivants de leurs encombrants paquets.

Puis vint la scène des embrassades sans fin émaillées de larmes, d'étreintes et de larges sourires. Seule écartée de ces poignantes retrouvailles la famille de Gustave que ce dernier avait soigneusement tenue dans l'ignorance de la date de son retour. Mais personne ne s'en étonna.

Estimant que la récupération des bagages dans la salle réservée à cet effet aurait infligé une longue attente au cercle familial, M. Paul-Henri invita tout le monde à se regrouper sous son toit non sans avoir pris soin de donner des instructions au responsable du service des bagages — l'un de ses condisciples — pour les faire livrer chez lui.

Le domicile familial avait d'ailleurs fait l'objet des soins les plus attentifs de Mme Paul-Henri. Celle-ci avait eu à cœur de donner un air de fête à la salle à manger et au salon dont l'un des murs peints d'un vert tendre, avait reçu l'imposante photo de sa grand-mère, institutrice elle aussi et ancienne élève du Pensionnat de Saint-Pierre. Avec son air de mulâtresse altière, son chignon à la mode 1900 et sa collerette montante, elle semblait vouloir sortir de son cadre pour régner en souveraine. Des reproductions de Millet, Courbet, Breugel, disposées symétriquement, montaient la garde de part et d'autre de sellettes coiffées de vases en cuivre d'un jaune étincellant d'où s'épanouissaient des arbustes d'un vert franc appelés « Multiplants ». Au centre d'un tapis rouge d'Orient, se tenait une petite table garnie de photos de famille et d'un vase en cristal contenant des anthuriums. Autour d'elle, chaises et fauteuils avaient subi, pour la circonstance, quelques jours plus tôt, le frottement du tampon vernisseur de l'ébéniste. Des lustres ouvragés en verre dépoli, avec supports chromés, dominaient tout cet ensemble. La nappe finement brodée reçut un couvert de dix-huit personnes placées chacune en face d'un assortiment d'argenterie, de cristallerie et de porcelaine dorée à l'or fin.

Les mets servis furent d'une rare qualité. C'est dans ce cadre que devait se passer cette journée de dimanche à la rue Victor-Hugo. Les convives — triés sur le volet — avaient participé à la fête avec une intensité supérieure à celle généralement de mise lors des traditionnelles premières communions ou des repas de fiançailles. Chacun était secrètement convaincu qu'il s'était passé quelque chose de différent. C'était comme si un blason venait d'échoir, contre toute attente, à une famille de roturiers sous l'Ancien Régime.

Le repas, où figuraient en bonne place les mets traditionnels arrosés de bon vin, fut égayé par des histoires drôles dont M. Paul-Henri avait le secret.

Puis il passa habilement la parole à son gendre qui se crut invité à faire état de ses prouesses estudiantines. Gustave, qui avait besoin à la fois d'éblouir et de s'imposer, ne se fit pas prier.

Tout le monde s'attendait à une histoire drôle de la même veine que celles qui avaient précédé. Au lieu de cela, Gustave projeta le film de ses études et de sa courte carrière de médecin, occultant au besoin les zones d'ombres — toujours les mêmes — au profit des zones de lumière, avec l'énumération de ses éclatants succès aux examens. Aucun détail ne manquait : des notes obtenues à chacune des épreuves jusqu'aux regrets éprouvés après son départ du cabinet Lortier à Neuilly. Tout cela constituait un beau palmarès qui couvrit l'assistance d'une chape de silence après la mise en train et l'échauffement du punch suivi du pâté en pot.

Les convives se laissèrent gagner par cette sorte de pieuse admiration que suscite le spectacle de scènes héroïques. A écouter cet itinéraire, on croirait revivre les péripéties de « la Chanson de Roland ».

En un rien de temps, le récit de Gustave eut pour effet de le déifier aux yeux des autres, ce qui était une façon de les dominer. Cette soif de se hausser au-dessus des autres, le conduisit à s'enquérir de l'état dans lequel se trouvait la classe sociale qui l'avait frappé dans son enfance :

— Alors, qu'est devenue l'usine d'ananas de M. Fortebelle à Saint-Joseph ? Et ce vieux père Fortebelle ? Il a dû mourir et son héritage dispersé aux quatre vents de sa famille !

Cette simple interrogation correspondait, aux yeux de l'assistance, à la curiosité naturelle que justifie une longue absence. Mais pour Gustave elle cachait une toute autre signification. C'était un besoin de revanche sur sa jeunesse de misère, une manière de défi, l'application d'une stratégie de dépassement.

— Ah ! ajouta-t-il d'un air faussement détaché, quand je pense que tous ces békés-là n'ont pas fait l'ombre d'une étude, qu'ils sont incultes ! Pauvres ignares ! Ils n'ont qu'à se donner la peine de naître pour hériter de la fortune paternelle.

A cet instant précis, il pensa à la Maison de Torfan sur le « bord de mer », d'où M. Pideuil l'avait sorti un jeudi de mars 1946, alors qu'il était occupé à compter les caisses de morue que débarquaient les « djobeurs ». Mais ces souvenirs fugitifs ne firent pas dévier le fil conducteur de sa pensée, et il poursuivit, le regard résolument tourné vers l'avenir :

— Leur richesse ne m'effraie pas ; je me sens capable de faire tout aussi bien qu'eux, sinon mieux. Il suffit de les côtoyer pour connaître leur secret, ce qui me sera très facile, proclama-t-il, avec la secrète détermination de flétrir cette caste, sur un ton empreint à la fois de sérieux et d'une petite dose de boutade.

Mais les convives ne retinrent que la boutade, à mille lieues qu'ils étaient d'intégrer les békés à leur univers quotidien. L'arrivée des desserts fit tourner court cette conversation ; une glace à la goyave, un blanc manger au coco apportèrent des sujets de discussion plus frivoles. Vers 18 heures, le repas touchant à sa fin, les convives amorcèrent le mouvement du départ, précédé du digestif qui coïncida avec les félicitations à l'adresse des hôtes et du jeune couple.

Soucieux de se fabriquer des obligés, le jeune médecin promit d'offrir consultations et conseils de santé à ce petit cercle de proches qui prit pour de la générosité ce qui n'était au fond qu'un subtil calcul.

Le jeune couple passa la nuit et les jours qui suivirent dans la chambre mansardée du second étage, coquettement aménagée pour les recevoir par leurs parents ; les sœurs de la mariée, Nadiège et Florence, ayant effectué un repli au premier étage.

Le lendemain, le beau-père eut comme souci premier de se consacrer à une cérémonie de présentations de sa fille et de son gendre à ses collègues des P. et T. La future maman s'attirait l'intérêt amical des femmes qui pour certaines d'entre elles l'avaient connue écolière. La cohorte masculine saluait d'une révérencieuse poignée de mains le jeune médecin qui en tirait une fierté indicible.

Tenaillé à la fois par les remords, l'inquiétude, l'hésitation, la curiosité, Gustave fit, le jour suivant, une escapade pour rendre clandestinement visite à sa mère. Prétextant une tournée en ville pour y découvrir les changements intervenus en son absence, il prit l'autobus à la Croix-Mission, pour la première fois après dix années d'absence. Il était loin le jour où il avait foulé le sol foyalais quelques minutes avant de faire son entrée au lycée Schoelcher.

Charlotte s'attendait bien à la venue de son fils pour cette période, mais elle en ignorait la date précise, omission que son fils imputa à la compagnie maritime. Transie d'étonnement face à ce fils qu'elle n'avait pas vu pendant tant d'années, elle fondit en larmes. Elle n'en croyait pas ses yeux : la surprise, l'affolement, la satisfaction d'être en vie se mêlaient et se bousculaient dans sa tête. Elle faillit choir, la tête la première, sur le foyer de la cuisinière où elle faisait une friture.

D'un coup d'œil, le visiteur avait noté toutes les modifications qu'avait subies sa maison natale. Reconstruite « en dur », elle comptait maintenant cinq pièces correctement meublées. Cela n'avait plus rien à voir avec les escabeaux branlants qu'il avait connus dans son enfance. Le nouveau mobilier au vernis reluisant, aux formes rigoureusement géométriques venait d'un magasin qui s'était donné pour slogan de « terrasser les prix » ; le petit jardin, limité par une haie d'hibiscus, avait néanmoins conservé une place aux boîtes de morue remplies de terre d'où s'élançaient les tiges verdoyantes de persil, thym, « oignons pays », voisinant avec des bottes de laitue. Ces progrès encore insuffisants aux yeux du jeune médecin avaient été réalisés grâce au concours de ses frères et sœurs qui, avec le temps, avaient tous trouvé à se caser soit dans la fonction publique, soit en qualité d'employés de commerce.

Le voisinage immédiat que l'on apercevait du seuil de la porte avait lui aussi changé. Une saine émulation semblait avoir incité les habitants à rivaliser d'ingéniosité dans l'aménagement des façades : ici des arbustes décoratifs, là une entrée carrelée bordée de petites touffes d'« alterna anthera » rouges et jaunes. Des murs blanc-cassé contrastaient néanmoins avec des plaques de fibrociment qui indiquaient que tout ce petit monde n'était pas parvenu au même degré de bien-être. Quant aux voies d'accès entrelacées à la manière d'un labyrinthe, elles favorisaient les chamailleries entre voisins. Enfin, cette élévation relative du niveau de vie, si elle avait fait disparaître les masures anciennes, renfermait encore quelques poches de promiscuité. Il regarda cette urbanisation sauvage — en dépit des efforts de restauration architecturale — comme des stigmates ineffaçables, incrustés dans l'épiderme d'un corps social inexorablement condamné. Il n'entendait, à aucun prix, en faire de nouveau partie.

Ce n'est qu'après avoir effectué ce tour d'horizon, que le regard de Gustave s'appesantit sur sa mère dont la silhouette s'était un peu enrobée à la taille. La peau de son visage était maintenant parcourue de quelques rides qu'accentuait le port d'un madras mi-deuil d'où s'échappaient par-derrière, deux « petites nattes » [9] de cheveux blancs. Elle était vêtue d'une gaule coupée dans un tissu madras, découvrant ses jambes légèrement enflées aux chevilles, et portait de vieilles sandales usagées qui la protégeaient du carrelage froid. Cette enflure ne passa pas inaperçue aux yeux du jeune médecin, qui jugea cependant que le moment n'était pas encore venu d'entreprendre des investigations médicales. Prenant son courage à deux mains, il lâcha d'une traite :

— Tu sais, maman, en raison de sa grossesse Annette est très souffrante. Elle ne peut pratiquement rien absorber. Je te la présenterai samedi prochain. Réunis à cette occasion mes frères et sœurs vers 18 heures ; nous repartirons tout de suite.

En réalité, l'heure et le jour de cette présentation « à la sauvette » n'avaient pas été choisis au hasard. En décembre, il fait nuit très tôt, ce qui donnerait au jeune couple l'excuse de ne pouvoir s'attarder. Une visite dominicale aurait entraîné des frais de repas, ce que Gustave voulait épargner à sa famille. Mais il redoutait surtout une présence prolongée de son épouse chez Charlotte. Annette risquait de découvrir des aspects de la vie de sa famille qu'il lui avait toujours cachés.

A aucun moment, Gustave ne s'enquit de l'état de santé de son père. Celui-ci fut néanmoins présent cinq jours plus tard pour assister, en figurant, à la furtive présentation qui se déroula dans la petite salle à manger tenant lieu de salon. Du jus de fruit et un gâteau confectionné par Charlotte scellèrent l'entrée de la jeune femme chez les Namer. Un peu troublés, embarrassés, ils écoutaient religieusement le récit que Gustave faisait de son récent voyage. Puis il mit l'accent, tout en monopolisant la conversation, sur les parties de football qu'il faisait avec ses frères et les autres petits du quartier. Il entendait ainsi compenser par l'évocation des souvenirs la distance sociale qu'il avait désormais mise entre sa famille et lui.

Emotion, simplicité et surtout rapidité furent les ingrédients de cette petite réunion, émouvante par sa sobriété pour Charlotte, son mari devenu impotent sous le poids des ans, et ses autres enfants.

Quant à Gustave, il la compara mentalement avec les festivités organisées par les Paul-Henri, quelques jours plus tôt. Quel contraste ! pensa-t-il, puis pressentant qu'après ses évocations, il allait devenir la cible des questions de sa famille, il voulut éviter ces interrogations qui le conduiraient à parler tout naturellement de ses projets, de son installation. Soudain, prêtant l'oreille à la mélodie vespérale des grillons et des « cabrits bois », il se leva d'un bond puis faisant l'étonné s'écria :

— Dieu que la nuit tombe vite ! Je ne veux pas garder plus longtemps la voiture de mon beau-père, il faut que je la lui ramène tout de suite, il en a besoin.

— Eh bien, je ne te retiens pas, mon fils ; tu reviendras pour plus longtemps la prochaine fois, lui répondit sa mère.

Il fit mine d'étreindre affectueusement tout le monde. Sa femme en fit de même. Comme il se sentit mieux après avoir accompli les formalités de cette visite qu'il appréhendait ! Il réussit à s'orienter dans le dédale de minuscules ruelles pour regagner la voiture arrêtée sur le bord de la route. Son épouse n'eut pas trop de mal à le suivre, car il lui avait pris le bras d'une manière ferme. Puis s'emparant fébrilement du volant, il démarra à une vitesse folle.

CHAPITRE XII

C'est finalement Basse-Pointe, petit village situé au pied des pentes orientales de la Montagne Pelée, qui servit de point d'ancrage au jeune couple. Les investigations du beau-père de Gustave l'avaient conduit à « arrêter une affaire » dans cette commune du nord de l'île, à la suite du décès d'un vieux disciple d'Esculape, veuf, médaillé de la Grande Guerre, dont la fille unique n'avait pas particulièrement caressé le projet de faire souche dans ce « coin perdu » constamment fouetté par les furies de l'Atlantique. Aussi, est-ce sans réticences que depuis Paris, où elle s'était fixée dès le début de ses études, elle donna tout pouvoir à son notaire pour liquider la succession de son père.

La célérité avec laquelle gendre et beau-père réglèrent cette affaire leur permit, en l'espace d'un mois, de surmonter l'obstacle des formalités notariales, puis de triompher de la nonchalance des ouvriers à qui ils avaient confié les quelques travaux de restauration. Le 25 janvier 1957, le jeune couple s'installa dans sa nouvelle maison parée d'une certaine coquetterie. Une plaque en marbre gris gravée en lettres d'or informa la population de la profession des occupants :

Docteur G. Namer
Diplômé de la faculté de Médecine de Paris
Médecine générale

pouvait-on lire.

C'était une vaste bâtisse aux volets verts, à la façade principale repeinte en blanc. Le balcon et les fenêtres étaient ornées de crotons et de bégonias multicolores. Située dans la rue principale face au marché, elle était solidement encadrée de chaque côté par les autres maisons qui se côtoyaient le long de la rue principale, dont le tracé sinueux escaladait péniblement les derniers contreforts de la montagne.

Le lundi 2 février, jour de la chandeleur et fête de la

lumière, le jeune docteur ouvrit son cabinet à une clientèle impatiente de connaître le successeur du défunt docteur Tonard. Il se souvint de son remplacement, pas si lointain, au cabinet du docteur Lortier, mais avec la différence que la présente installation était définitive et qu'il en avait la parfaite maîtrise. Il regrettait, toutefois, le luxe du cabinet de Neuilly, mais considérant le bon goût et l'agencement du cabinet, de la salle d'attente, à l'aménagement desquels la belle-famille avait tenu à offrir sa contribution, il estima que, pour un débutant, ce n'était pas si mal. Sobriété et simplicité avaient aussi marqué de leur sceau l'installation des appartements privés : chambres à coucher, salon, cuisine... avec de belles plantes ornementales.

Sa grossesse n'altérant pas sa santé, Annette partageait son temps entre son ménage et le cabinet de son mari où elle exerça, les premiers temps, la fonction de secrétaire. Mais elle n'assura pas longtemps les tâches ménagères, car une des marchandes qui les approvisionnaient eut vite fait de deviner que cette jeune maîtresse de maison avait besoin d'être secondée. Alors, sans ambages, elle s'en alla lui proposer les services d'une de ses filles qui, l'année précédente, avait quitté la classe de fin d'études sans le certificat du même nom et par conséquent, sans perspectives d'avenir. « Placée » chez un médecin, la jeune Yvonne avait tout à gagner à louer son temps sous l'œil vigilant de sa mère, vendeuse au marché d'en face. Rongée par les craintes les plus sérieuses quant aux occupations auxquelles pouvait se livrer Yvonne restée seule au Morne Balai, notre brave marchande jugea préférable de mettre sa fille au bourg.

Puis, quelques jours après, une autre offre fut faite au docteur Namer en la personne d'une secrétaire munie d'un CAP de sténo-dactylo. Comme la précédente, cette offre provenait de l'autre côté de la rue, plus exactement d'une autre marchande de légumes, amie de la mère d'Yvonne, les nouvelles circulant très vite dans ce petit monde communal. Huberte fut donc embauchée à un niveau supérieur : la blouse blanche qu'elle revêtit avec empressement lui donna une sorte de préséance sur Yvonne. Répondre au téléphone, noter les rendez-vous, arriver et repartir aux heures de bureau, il n'en fallait pas plus pour procurer à Mme Félicia une fierté telle qu'elle se brouilla avec la mère d'Yvonne. Une véritable course aux prévenances ne fit qu'attiser la brouille entre les deux commères ; c'est à qui offrirait les plus beaux fruits et les plus beaux légumes aux Namer, qui s'empressaient de les jeter en cachette à la poubelle, par méfiance des quimbois [12].

Ces deux emplois ayant été distribués, Mme Namer n'eut plus rien à faire. Cette oisiveté commençait à lui peser, quand son époux, conseillé en cela par les parents de la rue Victor-Hugo, lui suggéra de solliciter un poste d'institutrice. Plusieurs préoccupations avaient fait germer cette idée, mais la raison déterminante était d'ordre pécuniaire et matériel : un second salaire — servi par la fonction publique — n'était pas de trop pour supporter les énormes frais occasionnés par leur récente installation. Au cours de leurs nombreuses conversations, les époux étaient arrivés à la conclusion que des prestations sociales, accompagnées d'un congé de maternité, n'étaient pas à dédaigner. Tant pis pour les études de pharmacie ; quand le mari est médecin, la fonction d'enseignant pour la femme n'a rien de déshonorant.

Quelques semaines plus tard, Annette prit le chemin de l'école de filles à quelques dizaines de mètres de chez elle.

Les jours s'écoulèrent paisiblement, entrecoupés des visites dominicales de la famille Paul-Henri. La vie des Namer s'organisa petit à petit autour de leurs professions respectives. Ils ne tardèrent pas à engranger de substantielles ressources qui leur permirent de largement dépasser le stade des besoins essentiels. Le mari avait su s'attirer la clientèle non seulement de la commune, mais celle aussi des communes avoisinantes. A l'époque florissante de l'A.M.G. [13], son cabinet ne désemplissait pas. De surcroît, il effectuait, aux heures nocturnes, des visites à domicile. Ses activités professionnelles lui laissaient à peine le temps d'engloutir à midi un léger repas.

Mais, en bon stratège, il ne manquait jamais à ses devoirs de courtoisie les plus élémentaires : visites au maire, président de la commission municipale des affaires sociales, au pharmacien... Les notables du village n'avaient pas d'autre choix que de s'adresser à lui. C'est ainsi qu'une visite à domicile lui offrit l'occasion de franchir le seuil d'une demeure seigneuriale, située à quatre kilomètres du bourg, appartenant à une famille béké de l'île. En pénétrant dans ce lieu, le jeune médecin prit conscience qu'il avait parcouru un très long chemin qui, selon lui, le mettait de plain-pied avec ceux pour qui il avait nourri une secrète admiration mêlée à une féroce jalousie qu'il n'osait s'avouer : « Pourquoi eux et pas moi ? »

Ce n'était plus du haut du manguier qu'il découvrait l'intimité des nantis, mais en s'immisçant à leur demande dans leur intérieur, un intérieur cossu, qui constituait à ses yeux les éléments d'une richesse insolente et dominatrice qu'il cherchait à imiter. Il fit preuve d'une telle amabilité à l'égard de cette clientèle particulière, qu'il réussit à se faire admettre à sa table puis ensuite aux fêtes de famille, telles les festivités nuptiales au cours desquelles le teint clair de sa femme procurait à son subconscient un surcroît de respectabilité. Bien entendu, il avait soin d'assurer une large publicité à ces invitations dont on le gratifiait. Les sujets de politique étrangère, d'économie nationale et internationale, abordés lors des dîners, lui donnaient la possibilité de développer des thèses qu'il soutenait avec une faconde propre à éblouir ses interlocuteurs, réduits au silence. C'était sa manière à lui de les minimiser, de les tenir en respect, un peu comme il le faisait au lycée face aux quémandeurs de solutions aux problèmes de mathématiques, puis en faculté.

Elégante, souriante, sa femme se présentait comme l'équivalent muet de son mari, laissant à sa beauté le soin de s'imposer aux regards féminins qui la détaillaient des pieds à la tête. Qui pouvait rester indifférent à ses décolletés servis sur un plat de guipure, surmontés d'un médaillon à pampilles ? Gustave fut grisé par leurs premiers succès mondains, ce qu'il attribua à son doigté et à sa grande intelligence.

Cette sorte de savoir-faire commercial le hissa tout au haut de l'échelle sociale, et devint son crédo. Il intima à sa femme l'ordre d'en faire autant tout en ne dépassant pas une certaine limite, au-delà de laquelle leur intimité ne serait plus à l'abri. Mais Annette n'avait pas comme son mari le sens de la mesure et des nuances. Dans son établissement scolaire, elle en rajoutait avec ses riches toilettes, le style de ses conversations et surtout avec sa manière de prononcer à la parisienne. Les recommandations réitérées de son époux — qui pourtant la souhaitait auréolée d'atours —, mirent du temps à la ramener à la raison. Annette, de toute évidence, entendait se démarquer de la piétaille des autres institutrices, aux revenus réguliers mais modestes, issues, dans beaucoup de cas, de la couche d'agriculteurs qui avaient ensemencé la terre nourricière de ce terroir. Tout dans son regard, sa mine altière et pincée, ses soupirs, sourires et silences, tout indiquait qu'elle cherchait à provoquer chez ces femmes une sorte de malaise teinté d'animosité en faisant montre de sa supériorité.

« Se faire des amis est une préoccupation de commerçant ; en revanche, se forger des ennemis, voilà qui relève d'un souci d'aristocrate », se disait-elle, et elle se délectait à ce petit jeu.

Quant à la directrice de l'école, à deux ans de la retraite, elle se pâmait d'admiration devant la classe de cette jeune femme, qu'elle côtoyait plus que les autres, en raison du parti qu'avait pris Annette de se concilier les faveurs de son premier maillon hiérarchique.

Il existait d'ailleurs un rapport tacite entre les deux femmes : « la jeune » avait besoin de protection administrative, et la « vieille » de considération, en fréquentant ce jeune couple auprès de qui elle tirait un certain prestige. Elle entendait aussi entretenir, par de petits cadeaux, l'intérêt du médecin pour son arthrose.

Intérieurement, Annette, travaillée par son époux, finit par se persuader qu'une « bonne grimace » était la meilleure stratégie pour dominer, manipuler les autres, l'essentiel étant de ne pas se laisser découvrir. C'est sur ce principe qu'il avait bâti son plan, fondé sa suprématie.

De surcroît, il ne se privaient pas de penser que tous ces gens du village — dont ils se moquaient sous cape — étaient tous de gros bêtas à l'esprit borné, ne connaissant rien au-delà des frontières de leur village. Pourtant c'est à ces gens-là qu'ils devaient les premières pierres d'une construction qui s'appelle aisance et bien-être.

CHAPITRE XIII

Une petite tête aux cheveux dorés — comme ceux de sa mère — poussa son premier cri au moment d'abandonner la tiédeur de sa vie intra-utérine, le 9 juin de l'année 1957, jour de la fête Dieu. Les heureux parents virent en cette coïncidence une sorte de privilège divin. Quelle chance en effet d'accueillir une petite fille blonde — une chabine bon teint — ressemblant en tous points à sa mère. En somme, il s'agissait pour les Namer, d'une double chance : avoir d'une part une fille qui, dit-on, est plus facile à élever qu'un garçon, parce que plus malléable, et d'autre part une progéniture avec une « peau sauvée ».

Cette naissance allait être le point de départ d'un nouveau bonheur pour le couple et lui insuffler une vigueur renouvelée : bonheur d'admirer et de faire admirer cette progéniture, de la gaver et de la faire gaver de gâteries. A cet égard, les courtisans ne faillirent pas à leur devoir : parents, voisins, amis, clients se crurent obligés de se saigner aux quatre veines pour offrir des cadeaux de valeur.

Charlotte ne fut informée que fort tard de cette naissance. Elle en était réduite à intervenir à retardement dans les événements qui jalonnaient la vie de son fils, pour lequel elle s'était imposé tant de sacrifices. Véhiculée par un autre de ses fils, Bertrand, c'est à l'hôpital du Lorrain qu'elle fut reçue, mais pas au domicile de la jeune maman qui, ayant été convertie aux idées de son mari, redoutait de devoir inviter sa belle-mère à séjourner chez elle.

A quelque dix-huit mois de là, une deuxième petite tête dorée perça à nouveau la coquille de l'œuf maternel. C'était Geneviève qui, après Chantal, venait décupler le bonheur de ses parents. Coïncidence heureuse, l'événement se situa le 8 décembre 1958, jour de l'Immaculée Conception. En cette veille de Noël, les dieux étaient avec eux.

Ces mignonnes créatures furent l'objet de la sollicitude de leurs parents et grands-parents maternels. Cela se voyait à leurs toilettes, aux nombreux cadeaux qu'elles recevaient de toutes parts, et à la présence vigilante d'une gouvernante, une « da », qui avait été spécialement engagée pour se consacrer à leur personne et à leurs jeux. Cette « da » avait implicitement reçu comme consigne de doubler l'affection maternelle, une façon d'imiter la coutume en vigueur dans les familles béké. Avec deux domestiques, une ouvreuse, une voiture, une nombreuse clientèle, des relations dans la bourgeoisie de l'île, le docteur Namer et sa femme faisaient maintenant partie des notables de la commune.

Pour saluer la venue au monde de Chantal et Geneviève, leurs parents célébrèrent leur baptême de façon identique, à dix-huit mois de distance.

Ils jugèrent tout d'abord que les fonts baptismaux d'une petite église de commune étaient indignes d'abriter la cérémonie destinée à officialiser l'entrée de leur progéniture dans la grande famille chrétienne. En réalité, cette cérémonie revêtait surtout à leurs yeux le respect d'une tradition, prétexte à de joyeuses agapes, bien plus qu'elle n'était le reflet d'une croyance profonde.

Leur choix se porta donc sur la cathédrale de Fort-de-France située à quelques mètres de la maison des Paul-Henri, à la rue Victor-Hugo. Parrains et marraines furent choisis chez les Paul-Henri et les confrères, exception faite toutefois pour la petite Geneviève, escortée par son oncle paternel, l'oncle Bertrand, instituteur à Saint-Joseph. C'était là une obligation à laquelle les jeunes parents ne pouvaient se soustraire afin de ne pas trop attirer l'attention.

Mais quelques jours auparavant, Annette avait eu soin de téléphoner à son beau-frère pour lui donner certaines indications sur un ton empreint, à s'y méprendre, de la plus sincère affection :

— Mon cher Bertrand voici l'objet de mon appel : nous ferons quelque chose de très simple pour le baptême de Geneviève, une cérémonie très courte, Gustave étant de garde ce jour-là. Il nous faudra regagner Basse-Pointe tout de suite. De retour de l'église, nous prendrons le champagne et tout sera terminé.

Ces précisions étaient de nature à évincer le plus rapidement possible l'instituteur de la sélecte compagnie — ou jugée telle — du monde médical et de la famille Paul-Henri. En fait, tout avait été mis en œuvre pour célébrer avec éclat ce baptême ; un couvert étincelant, comme le jour de l'arrivée par le *Colombie*, deux ans plus tôt, avait été dressé avec tout le raffinement concevable pour la circonstance.

Aussi l'oncle Bertrand fut-il profondément surpris quand, après la cérémonie, il constata que ce qu'il découvrait contredisait ce que lui avait raconté sa belle-sœur quelques jours plus tôt. Devinant son trouble, à l'heure du champagne, Annette s'approcha de son beau-frère pour lui chuchoter toujours très affectueusement :

— Ah mon pauvre Bertrand, je suis surprise tout comme toi-même. Je ne suis pour rien dans toutes ces festivités, c'est ma mère qui a tout préparé ! Tu as dû certainement avoir pris des engagements pour cet après-midi, compte tenu de notre conversation. Je ne te retiendrai pas te sachant un fervent spectateur des matches de football. Or justement il s'en déroule un de très important au stade Louis-Achille où tu te rendras dans quelques instants, je le présume.

Tout cela a été dit avec une telle affectueuse douceur, que Bertrand estima déplacé de manifester quelque mauvaise humeur en se voyant éconduire de la sorte. Il comprit que son frère et lui n'appartenaient plus au même monde et jurant qu'on ne l'y prendrait plus, il apprit à ses dépens que certains sourires sont des grimaces. Gêné, il prit comme prétexte la maladie de sa mère et s'excusa auprès de l'assemblée qui ne s'empressa pas de le retenir. Puis on passa à table.

Quant à Charlotte, personne ne s'aperçut de son absence, Gustave l'ayant très habilement tenue à l'écart, avec un argument médical de poids, quelques jours auparavant :

— Tu sais, maman, lui avait-il dit, en raison de ton hypertension, beaucoup de mets épicés te sont interdits : pas de pâté en pot, pas de viande roussie, pas de sauce, pas de sel. Tu dois rester constamment au repos, loin de la chaleur de la ville.

Il était difficile en effet de ne pas suivre à la lettre pareille prescription essentiellement faite d'interdits.

Le soir venu, les festivités baptismales ayant comblé de bonheur petits et grands, le jeune médecin et sa famille regagnèrent dans la soirée les hauteurs de Basse-

Pointe. On avait embarqué tout le monde : la *da* sur les genoux de qui s'était endormie la petite Chantal bercée par le ronronnement du moteur ; Geneviève s'était blottie dans ses bras, une tétine à la bouche ; Annette, elle, avait choisi d'occuper, les mains libres, la place aux côtés de son mari. Valises, langes, berceaux et restes de victuailles avaient pris place dans le coffre de la voiture.

Les institutrices de l'école maternelle se crurent obligées d'apporter leur part de soins exclusifs à ces deux riches héritières en herbe. C'est ainsi qu'elles veillaient à les faire asseoir aux premières places, à les insérer dans des cercles de jeux où les autres participants ne détonnaient pas trop par leur mise. Leurs reparties, qui fusaient bien avant celles de leurs autres petits camarades, étaient très appréciées, surtout quand elles relataient quelques faits de la vie familiale du genre : « Papa a offert un beau collier à maman pour la fête des mères », ou bien encore : « Papa ira à Fort-de-France acheter une nouvelle voiture. »

Ce grand bonheur continua, paisible, dans ce petit village exposé aux embruns iodés d'une mer houleuse, s'acharnant contre la côte. Geneviève qui, dans son école maternelle, avait une prédilection pour les jeux de garçons, fit la commande deux après d'un petit frère. Quand celui-ci se présenta, on s'aperçut qu'il avait opté pour la pigmentation de son père et de sa grand-mère Charlotte. Oh surprise ! Quelques-unes des têtes qui se penchèrent sur son berceau se souvinrent de l'expression consacrée : « Il est mal sorti. »

Une déception tempérée par une joie de façade se lisait sur le visage de Gustave. Tout autre père eût exulté de découvrir son visage dans les traits de son fils. Mais avec ce rictus amer, ce père-là laissait entendre que ce n'était pas le cas. C'est une gaieté de façade qu'il afficha tout au long du baptême de ce rejeton mâle. Annette, elle, au paroxysme des sentiments maternels ne s'arrêta pas à ces considérations. Retrouvant chez son fils le visage de son mari adoré, elle n'eut de cesse de l'envelopper d'une tendresse sans bornes.

On peut dire que les trois enfants, dans leur jeune âge, eurent droit de sa part à la même affection, aux mêmes égards. Les choses se mirent à changer à mesure qu'ils grandissaient. En raison de sa turbulence, le petit Patrick se faisait réprimander constamment, ce qui n'arrivait pas à ses sœurs, studieuses, dociles et appliquées.

Ecolier batailleur, il rentrait le plus souvent avec un bouton arraché, sa chemisette déchirée, ses genoux écorchés. « Patrick, reste tranquille ! » telle était l'injonction qu'il s'attirait à longueur de journée de la part de ses parents, institutrices et da. Ses résultats scolaires, bien qu'acceptables, n'atteignaient pas la perfection qui caractérisaient ceux de ses aînées. Sans se préoccuper de comprendre que les performances des garçons se manifestent plus tard que celles des filles, on diagnostiqua chez lui une intelligence inférieure. L'étiquette qu'on lui colla ne fit qu'agrandir le fossé qu'on avait hâtivement creusé entre ses sœurs et lui :

— A ton âge, lui répétait-on souvent quand il eut neuf ans, Chantal et Geneviève faisaient des dictées sans faute !

Un jour, excédée par ses espiègleries et autres taquineries, la « da » lui lâcha l'expression créole : « Fout Nèg ni movè manié [14]. »

CHAPITRE XIV

Après une brillante scolarité primaire à l'école des filles de Basse-Pointe, Chantal entra en sixième. Elle imprima de ce fait un tournant à la vie de sa famille. Il en résulta même de grands bouleversements. L'idée d'une scolarité au cours complémentaire n'avait pas un seul instant effleuré ses parents. A quelle régression sociale eût on assisté ! Non, tout avait été soigneusement et savamment calculé une année auparavant. En effet, ce changement — prévisible longtemps à l'avance —, avait conduit le docteur Namer à faire une double acquisition : un cabinet médical à Fort-de-France, rue Saint-Louis, en plein centre ville, d'une part, et une superbe villa de style colonial, située sur la route de Didier, ayant appartenu aux de Guyard, riches propriétaires terriens qui, en raison du déclin de l'activité rhumière, avaient choisi d'aller s'installer en Floride.

Toutes ces opérations immobilières furent possibles grâce à un plan d'autofinancement que le docteur avait échafaudé sans emprunt d'aucune sorte. Dix ans, c'était plus qu'il ne fallait pour accomplir de telles prouesses financières quand on exerce une honorable profession libérale, et de surcroît lucrative en raison de la politique du gouvernement de l'époque d'accorder la priorité à la santé des citoyens. Quand, dans les premiers jours du mois de septembre 1967, ils aménagèrent dans la villa « Les Jasmins » sur la route de Didier, les époux Namer, Gustave surtout, furent pris de vertige, tant était élevée la cime sur laquelle ils se trouvaient juchés. Une trentaine d'années séparait le mari de son observatoire dans un manguier, d'où il pouvait contempler le carrelage rose brique des Fortebelle.

Aujourd'hui, ce carrelage rose brique était sous ses pieds, et il en était le propriétaire exclusif. Les souvenirs d'enfance lui dictaient de le garnir de meubles identiques à ceux qui s'étaient gravés dans sa mémoire.

Aussi, sa femme reçut-elle les consignes pour choisir un mobilier en tous points conforme à celui qui hantait la mémoire de son mari. Ce choix lui étant imposé, elle n'eut qu'à laisser errer son imagination pour harmoniser le reste du décor : rideaux, voilages, tapis, bibelots, lampadaires et autres accessoires devaient prendre place selon leur couleur et leur taille dans les salons, chambres et autres boudoirs, couloirs et fumoirs.

La vaste pelouse environnante était confiée aux soins réguliers du jardinier dont les mains expertes devaient tailler en dômes arrondis les massifs d'arbrisseaux disposés selon un tracé géométrique sur un magnifique tapis de gazon. Balançoires, jets d'eau, piscine et jarres ajoutaient une note décorative à tout cet ensemble.

Gustave Namer avait tenu à faire une véritable démonstration de luxe comme pour savourer sa victoire sur la pauvreté originelle qu'il voulait à tout jamais extirper de son subconscient. Cet étalage de richesse constituait pour lui une sorte de rempart qui le protégeait de la promiscuité avec les classes inférieures dont il avait mis tant de temps à sortir. Le vaste jardin garantissait à la fois son isolement géographique — pas de contact avec les voisins — et psychologique — pas d'amalgame avec le commun des mortels : « Odi profanum vulgus. » Tout ce luxe repoussait encore davantage dans le temps l'indigence du quartier de Saint-Joseph qui l'avait vu naître.

Les enfants furent très heureux d'avoir chacun sa

chambre attenante à une salle de bain. Il leur était quasiment interdit de pénétrer dans la chambre et les bureaux de leurs parents aménagés avec un raffinement leur donnant l'allure de sanctuaires. Par contre, ils pouvaient tout à loisir s'ébattre sur la pelouse et faire de la bicyclette sous la véranda qui faisait le tour de la maison principale, séparée des dépendances où logeaient la servante et la « da ».

Chantal fit son entrée au pensionnat Saint-Joseph de Cluny. Elle avait été préparée à cet événement par son père qui y voyait un milieu plus propice à l'épanouissement intellectuel de sa fille plus que le lycée de jeunes filles qui s'était mis à accueillir un peu n'importe qui. Un chauffeur fut engagé pour la véhiculer à l'interclasse de midi, afin de lui éviter la demi-pension qui aurait entraîné pour elle une coupure avec sa famille.

Quant aux cadets, ils se dirigèrent vers l'école primaire de Durocher où leur mère avait été affectée en qualité d'institutrice. Le véhicule maternel embarquait ce petit monde chaque matin. Le docteur, libre de ses mouvements, se rendait à son cabinet à une heure très matinale. Toute l'organisation de la vie familiale avait été pensée par lui.

La domesticité au service des Namer comptait deux unités de plus avec leur installation à Fort-de-France : un chauffeur et un jardinier. Il ne manquait plus que la repasseuse de fin.

Annette, en total accord avec son mari, mit un point d'honneur à suivre pas à pas la scolarité de ses trois enfants, toujours impeccablement vêtus. Ils se devaient d'obtenir d'excellents résultats scolaires, comme si leurs parents avaient conclu avec eux un marché qui faisait partie de leur plan de réussite sociale.

Chantal ayant été admise en sixième, son père estima

le moment venu de lui donner quelques conseils qui dépassaient les limites strictes d'un devoir de mathématiques ou d'une leçon de sciences naturelles. C'est ainsi qu'il distilla dans le cœur de son enfant les premières notions d'un code de bonne conduite ; les deux autres furent associés à l'écoute de ce discours que le père leur tenait de préférence le dimanche, à l'heure du petit déjeuner qui regroupait la famille autour de la table de jardin sous la véranda. Ce jour des retrouvailles familiales permettait de faire le point sur les activités de la semaine.

— Ecoutez-moi, avait coutume de leur dire le père sur un ton grave, calme, sans forcer la voix. Vous devenez grands, vous n'êtes pas de tout petits enfants et j'ai beaucoup de choses à vous apprendre. Si vous travaillez bien en classe, je vous donnerai tout ce que vous voulez. Il y a une autre raison à cela, c'est qu'en obtenant d'excellentes notes, vous dépasserez les autres petits camarades de votre classe, vous vous hisserez au-dessus d'eux. Vous apprendrez à aimer la satisfaction qu'on éprouve à dominer les autres. Fréquentez-les superficiellement pour en tirer des avantages. Donnez-leur l'illusion que vous approuvez leurs idées même quand elles sont fausses afin de vous faire apprécier d'eux. Mais ne leur communiquez jamais une information ; répondez toujours que vous ne savez pas. Si vous travaillez bien, quand vous deviendrez grands, vous serez riches comme papa.

Ce discours administré chaque dimanche comme une piqûre de rappel, fit une forte impression sur les gamines qui finirent par s'en imprégner, habituées qu'elles étaient à obéir. Par contre, il n'eut aucune prise sur Patrick, plus jeune, tête brûlée, plutôt préoccupé à se dépenser physiquement lors des matches de football. D'un naturel franc, faisant preuve de beaucoup de spontanéité, ce petit sportif prêtait une oreille des plus distraites aux recommandations paternelles. Son adolescence se passa sous le signe d'une indifférence chronique aux valeurs chères à son père. Il faut dire que l'ambiance du lycée Schoelcher ne s'y prêtait guère. La sélection qui s'opérait à l'entrée du pensionnat Saint-Joseph de Cluny pouvait donner à penser que les recommandations paternelles y trouvaient un champ d'application idéal, bien que cet honorable établissement fût placé sous le saint patronage de celui qui incarnait l'abnégation, la tolérance et la réceptivité au message angélique, diamétralement opposé aux principes qu'inculquait à ses enfants le docteur. Un jour, il leur dit :

— Ne fréquentez pas les pauvres, ils n'ont pas de morale, ce sont des pique-assiettes.

Gustave et Annette comprirent très vite qu'ils n'auraient pas raison du jeune tempérament fougueux et affirmé de leur fils. Ils pressentirent qu'il s'emploierait délibérément à ne pas emprunter les sentiers qu'ils se proposaient de lui tracer. Alors que tout fut facile avec Chantal et Geneviève même devenues grandes. Avec Patrick, il en fut tout autrement ; il ne se laissa jamais enfermer dans le corset dans lequel on tentait de l'élever.

Sans vouloir pour autant abandonner la partie, les parents battirent en retraite sur le terrain des résultats scolaires, seule concession que Patrick consentait à leur faire. Ils résolurent cependant de tout mettre en œuvre, à son insu, pour lui épargner catastrophes et infamie ; leur honneur était à ce prix.

Peu à peu, un fossé se creusa entre les deux filles, influençables, soumises, parfois dissimulées, et le garçon, franc, loyal, spontané, bien décidé à rejeter pardessus bord préjugés et idées toutes faites. Les filles désormais regardaient leur frère comme un être inintelligent, qui ne comprenait pas ce qu'on lui disait car ne percevant pas la portée des recommandations familiales.

CHAPITRE XV

Un succès éclatant au Bac C ouvrit toutes grandes à Chantal les portes de l'Université. Elle s'y était préparée depuis si longtemps, avec une discipline et une ardeur au travail si rigoureuses qu'un échec — à moins d'un malencontreux accident de dernière minute — eût été impensable. Il est vrai qu'elle s'était volontairement soumise à cette sorte de mobilisation à la grande satisfaction de ses parents.

La proclamation du résultat fut suivie de l'inévitable « surprise-partie » que la lauréate et sa mère décidèrent d'organiser pour fêter le succès. Ce n'était pas la première fois que l'on ouvrait les salons de la villa « Les Jasmins » aux parents et amis. Pour en imposer aux autres, il importe qu'on leur donne quelquefois un aperçu de son standing. Ainsi, régulièrement, à chacun des anniversaires, des invités de marque, triés sur le volet parmi les élèves de la classe, venaient souffler les bougies de leurs amies Chantal et Geneviève. Le piano à queue résonnait des petites mélodies que ces demoiselles s'appliquaient à interpréter pour faire apprécier leurs talents à tour de rôle.

Par contre, la célébration des anniversaires de Patrick ne donna pas lieu à de fréquentes rééditions, ses invités ayant été jugés, tout comme lui d'ailleurs, bruyants, turbulents voire « mal élevés ». Au reste Patrick préférait de loin aux célébrations « salonesques », des cadeaux du style ballon de football ou raquette de tennis. Aussi ne se formalisa-t-il pas quand fut prise la décision de raréfier les goûters organisés en son honneur.

On était à la fin de juillet. Il faisait beau. L'idée d'une garden party à la mode romantique fut donc retenue.

Au jour dit, on aurait pu se croire revenu à la Belle Epoque, à ceci près que les demoiselles avaient troqué jupons en crinoline et rubans de velours contre des robes estivales décolletées, courtes et légères, comme on en portait en 1974. A ce rendez-vous de l'élite estudiantine, l'état d'esprit qu'imprègne une certaine conscience de sa supériorité, se lisait dans les attitudes de ce petit monde, comme dans un livre ouvert.

Le décor n'était pas sans rappeler les agapes champêtres telles que les ont restituées les toiles d'un Monet ou d'un Renoir. Il fallait y ajouter les imposantes architectures pâtissières et la multitude de plateaux de petits fours variés ornant les longues tables garnies de nappes finement brodées.

Des serveuses avec leurs tabliers blancs bordés d'une frange de guipure se frayaient un chemin dans la foule compacte de ces « teen agers » qui n'avaient que la véranda à franchir pour aller du buffet installé sur la pelouse au salon, chaque fois que les accords d'un cha-cha-cha ou d'un calypso les incitaient à esquisser quelques pas de danse.

Le père de la lauréate s'était, pour la circonstance, assuré la présence de quelques-uns de ses confrères qu'il avait invités à savourer sa fierté devant son succès. Les parents Paul-Henri figuraient au nombre de ces rares adultes venus assister en spectateurs aux ébats de la jeunesse. A une heure avancée de la nuit, l'on se sépara non sans un pincement au cœur, car la page d'une vie venait d'être tournée.

Quelques jours après, les préoccupations de la famille se portèrent sur un tout autre souci : l'installation en France de la future étudiante.

Bien entendu, le père de celle-ci ne s'était point laissé prendre de court. Tout avait été soigneusement préparé, minutieusement organisé : une inscription sous condition avait été faite à la Faculté de médecine de Paris, que le succès, avec mention bien, à cet inaccessible Bac C ne faisait que consolider. Et dans la semaine qui suivit la garden party, toute la famille s'envola pour Paris afin d'y passer les vacances et faire l'acquisition d'un appartement. C'était là une simple formailté pour une famille ayant l'aisance des Namer.

Un vaste quatre-pièces situé dans un immeuble ancien à la rue Saint-Séverin perpendiculaire à l'interminable rue Saint-Jacques combla la famille Namer, qui en prit possession dans un Paris caniculaire, vidé de ses habitants. S'adressant à une de ces maisons spécialisées dans la vente de mobiliers restées ouvertes, Mme Namer fit connaître ses désirs et en vingt-quatre heures se faisait livrer sa commande.

Bien-être et confort présidèrent à ce nouvel aménagement, troisième jalon — après Basse-Pointe — posé sur la route du bonheur dont Gustave avait comblé sa famille jusque-là.

L'instant de la séparation prit une tournure pathétique. C'était la première fois que les Namer se séparaient. La décision fut prise d'offrir à Chantal la compagnie de sa sœur Geneviève, inscrite, elle, au lycée, moyennant quoi les deux jeunes filles recevraient à intervalles réguliers la visite de leur grand-mère, Mme Paul-

Henri, admise depuis peu à la retraite. Cette surveillance était de nature à rassurer les parents, retenus tous deux aux Antilles par leur travail.

Le jour de leur retour à la Martinique arriva. C'était le 28 septembre.

Le père, peu auparavant, avait réuni ses filles comme pour leur livrer son testament, toujours autour du café fumant du petit déjeuner qui confortait les recommandations paternelles de son parfum tonifiant.

— Mes enfants, j'ai choisi pour vous comme pour moi la carrière médicale ; c'est la plus noble. Je suis fier de vous et sais que vous réussirez.

Ce discours s'adressait également à Geneviève qui n'était qu'à une année de son entrée à l'université ; Patrick, lui, s'était enfermé dans la salle de bain qui résonnait des airs à la mode qu'il sifflotait ; la mère, déjà informée de la teneur de l'intervention paternelle allait et venait, tantôt se consacrant aux derniers préparatifs du départ, tantôt s'affairant dans la cuisine dite fonctionnelle parce qu'avec son mobilier d'angle posé sur un carrelage luisant aux dessins surréalistes, elle tenait lieu de salle à manger ; partageant les idées de son mari, elle lui laissait volontiers ce rôle de conseiller.

Il pouprsuivit :

— Sitôt rentrées, barricadez-vous. N'ouvrez à personne si vous n'attendez aucune visite.

C'était là des conseils de sécurité dont nul ne songerait à contester la pertinence. Un long silence gêné ménagea un moment de suspens avant l'arrivée du dernier train de consignes :

— Surtout ne fréquentez pas n'importe qui. N'hésitez pas à chasser les importuns. Quant aux Antillais, fuyez-les, éconduisez-les systématiquement car ils ne vous apporteront rien de bon. Ce sont tous des paresseux.

Recherchez au contraire la compagnie des métropolitains dont les parents sont bien placés dans l'échelle sociale et qui pourront vous faire bénéficier de leurs relations, de leur expérience et de leur savoir.

Littéralement imbibées par ce discours rabaché, ressassé sous d'autres formes, depuis leur tendre enfance, les jeunes filles acquiescèrent, voyant en leur père un homme d'expérience qui, indéniablement, travaillait à leur réussite ; cela ne se sentait-il pas à la gravité et à la sincérité du ton sur lequel il leur parlait ?

Elles ne se rendaient pas compte de l'incongruïté d'un tel raisonnement dans la bouche d'un homme de science, qui assimilait l'Antillais, sa propre race, donc luimême, à ce qui est mauvais, vil et méprisable. Comment l'auraient-elles pu, quand lui, leur père et maître à penser, ne percevait pas davantage que ce sempiternel discours renfermait le danger d'amener ses propres filles à s'auto-dévaloriser, en introduisant dans leurs jeunes consciences le mythe de l'infériorité du Noir ?

Cette mise en garde fut cependant rapidement oubliée une fois les parents partis.

La « colonie » antillaise de Paris eut vite fait de repérer ces nouvelles venues, magnifiques chabines, à l'accent bien caractéristique, et ces dernières se mirent à fréquenter des gens de toutes origines ; ce fut tant mieux pour leur équilibre personnel, car elles continuèrent à obtenir de bons résultats au cours de leurs études.

A quelques années de là, un prétendant antillais, étudiant en « math sup' », fit connaître ses intentions à l'égard de Geneviève ; il fut aussitôt écarté sur le prétexte qu'il n'avait pas encore de métier. En fait, le docteur Namer n'entendait nullement s'allier à une famille martiniquaise qui compromettrait l'ascension sociale de sa fille. Et désormais, pour tuer dans l'œuf toute tentative de mésalliance, on décida de placer les deux étudiantes sous la surveillance de deux gendarmes ayant reçu pour mission de les maintenir sur la bonne voie. Cette tâche délicate fut confiée à M. et Mme Paul-Henri, tous deux retraités, qui ne demandaient pas mieux que de séjourner à Paris pour entourer par la même occasion leur fils Armand. Hélas, l'année d'après, Mme Paul-Henri mourut emportée par une mystérieuse embolie.

Au décès de sa belle-mère qu'il pleura amèrement, le docteur Namer conserva malgré tout dans son chagrin une bonne dose de lucidité : ainsi, jugea-t-il que « la boîte de bijoux » de la défunte serait bien à sa place dans la commode de son épouse, qui s'empressa de récupérer les bijoux et de les soustraire aux éventuelles convoitises d'Armand.

Il confia alors la garde de ses deux filles à « da » Sœurette, très attachée à la famille. Cette surveillance fut renforcée par celle de sa femme, qui se fit un devoir de se rendre régulièrement à Noël et à Pâques auprès de ses filles s'assurant d'elle-même que Chantal et Geneviève ne s'écartaient pas de la voie qu'on leur avait tracée.

Les parents Namer se montraient d'autant plus vigilants qu'ils avaient eux-mêmes connu, en leur temps, ce besoin naturel de rompre le cordon ombilical, qui habite les jeunes gens ayant dépassé la vingtaine.

Entre-temps, Patrick, ayant franchi le cap du Bac D, avec mention passable, avait lui aussi embrassé les études universitaires, et s'était inscrit dans un institut en dehors de Paris. De toutes manières, ses parents avaient préféré pour lui une inscription en résidence universitaire, loin de ses sœurs, pour le dissuader de toutes velléités de leur présenter ses copains antillais.

CHAPITRE XVI

Chantal, tout comme sa cadette, éprouva un immense chagrin lors du décès de sa grand-mère. Il y eut un grand vide dans l'appartement. Et le grand-pàre, esseulé, dégoûté de tout, préféra retrouver la chaude ambiance martiniquaise pour essayer d'oublier.

Les deux jeunes filles ayant grandi et mûri pendant ces cinq ans, un « chaperonnage » familial ne semblait plus s'imposer : stimulées et enhardies par les recommandations paternelles, leurs jeunes intelligences avaient trouvé un terrain de prédilection dans l'auditorium de la Faculté de médecine pour y occuper les premières places au propre et au figuré ; effectivement, le succès était au rendez-vous année après année. Leurs études furent réellement si brillantes, qu'on aurait pu se demander quelle part revenait à leur valeur intrinsèque, et quelle autre pouvait être attribuée aux puissantes relations que leur père était parvenu à établir avec le corps professoral.

Dans l'organisation de leur temps de travail, elles avaient néanmoins ménagé quelques interstices de loisirs : sorties au théâtre et au cinéma, visites aux musées, promenades en bateaux-mouches, etc., etc., histoire de s'aérer le cerveau et lui permettre d'emmagasiner le savoir encyclopédique qu'on leur injectait à doses massives et régulières.

C'est au cours d'une de ces sorties que Chantal fit la connaissance de Jacques Chambert, le frère de Monique, une jeune fille qui s'était prise d'amitié pour Chantal et avec laquelle elle travaillait quotidiennement jusqu'à une heure avancée de la nuit, dans l'appartement de la rue Saint-Séverin. Cette amitié était parvenue aux oreilles de Jacques, étudiant en médecine lui aussi, mais à Bordeaux. C'est le Noël de l'année 1979 qui favorisa le rapprochement des deux jeunes gens, Jacques ayant décidé de passer les fêtes de la nativité avec sa sœur.

Beau, élancé, d'allure à la fois virile et réservée, ce jeune blond aux yeux bleus, pur produit du terroir alsacien et de petits propriétaires, récoltant et fabriquant un vin blanc réputé, fut favorablement impressionné par la jeune Antillaise en qui il découvrit un charme exotique, une sorte de parfum des « isles » qui lui venait peut-être des larges boucles d'oreille créoles qui se balançaient à chaque mouvement de tête.

A partir de ce moment-là, les choses allèrent très vite. Les sentiments imposèrent leur loi. Une sorte d'attrait naturel porta Chantal à rechercher la compagnie de ce garçon qui non seulement avait ébranlé ses sentiments, mais en outre correspondait à l'image que ses parents se faisaient de leur futur gendre. Il ne pouvait y avoir conjonction plus parfaite. Jacques choisit donc comme compagne de sa vie cette beauté des isles et rien n'aurait pu contrarier sa décision : il avait pratiquement terminé ses études et n'attendait que les derniers résultats de la spécialité pour laquelle il avait opté : gynécologie.

Dès lors, l'union de ces deux jeunes gens était inéluctable. Déjà les tisons du désir les avaient rapprochés charnellement. Chantal avait maintenant vingt-deux ans, son fiancé vingt-cinq. Son père, pour ne pas laisser filer un si beau parti, résolut de financer le départ dans la vie de ce jeune couple.

L'événement fut annoncé très discrètement aux Antilles avec le minimum de publicité. Estimant qu'ils évolueraient désormais dans un univers à haute connotation bourgeoise, Gustave et son épouse voulurent en écarter leur propre milieu familial. Ils s'étaient depuis longtemps forgé la conviction qu'il fallait tenir leurs proches à distance, puisqu'ils leur prêtaient l'intention de vouloir s'immiscer dans leur intimité pour se hisser au haut de l'échelle à leurs dépens. Il n'était donc pas question de faire partager une telle aubaine à qui que ce soit.

Cette union était pour lui une consécration et ne devait « rapporter de bénéfices » qu'à lui. Aussi, quand Chantal rentra à la Martinique l'été d'après avec son fiancé, ou mieux, son amant, pour parler vrai, elle reçut pour consigne de le présenter aux uns et aux autres comme un simple copain afin de ne pas éveiller la curiosité de ceux qu'elle rencontrait. Quelques jours après le départ de celui-ci, à ceux qui la pressaient de questions, elle parlait de ses projets matrimoniaux comme d'une éventualité probable, en tout cas non imminente.

— C'est un garçon fort sympathique, mais il n'y a pour l'instant rien entre nous, disait-elle. Il est simplement venu connaître les Antilles. Il adore visiter les pays d'Amérique Latine ou d'Afrique à la recherche de paysages nouveaux.

Cette manœuvre de dissimulation qu'ils avaient inculquée à leur fille, confortait les Namer dans l'idée de leur supériorité sur les autres et ils éprouvaient un malsain plaisir à les évincer avec des contre-vérités d'une simplicité enfantine. Ils se complaisaient dans cette pratique du secret qu'ils savaient contraire aux traditions martiniquaises, mais qui leur apportait la satisfaction intellectuelle du mystificateur non démasqué.

Quatre mois plus tard, en décembre, la cérémonie de mariage fut célébrée avec faste, comme pour marquer le premier anniversaire de la rencontre des deux jeunes amoureux, fortement épris l'un de l'autre, et la bénédiction nuptiale leur fut donnée en l'Eglise Saint-Vincent-de-Paul dans le 10e arrondissement à Paris. Cette église avait été choisie par les parents Namer parce que sa décoration intérieure leur rappelait le style Renaissance Italienne de l'hôtel de Ventimille où ils étaient descendus pour leur voyage de noces. Le plafond, garni de caissons sculptés et peints en rouge et or, était une véritable merveille.

Annette entendit faire de la toilette de sa fille, spécialement commandée à un atelier de haute couture du faubourg Saint-Honoré, le centre de gravité autour duquel s'ordonneraient tous les éléments de la cérémonie : la robe en question, à longue traîne, faite de dentelle vaporeuse entrelacée de pierreries et de broderie de satin, n'était pas à la porté de toutes les bourses ; au bas de la carte, on pouvait lire, écrit en lettres minuscules : « La mariée est habillée par la maison Rediat. » En regard de cette mention, figurait le nom des familles invitantes, dont celui des Paul-Henri, à l'exclusion des grands-parents Namer qui avaient été laissés dans la plus parfaite ignorance de l'événement.

Par la simple publicité donnée à la maison de haute couture, les invités se sentirent dans l'obligation de se vêtir au diapason de la mariée. On comptait parmi eux les plus dignes représentants du corps professoral de la Faculté de Médecine, les parents et amis des époux. Les Namer prirent soin d'inviter juste un petit nombre de leurs compatriotes qui, de par leur tenue, devaient donner une touche de coloration antillaise, sans trop forcer le trait : il ne fallait pas en effet que Gustave fût trop isolé dans cette foule de têtes blanches. Le talent d'un célèbre fleuriste parisien fut remarqué par plus d'un, les accents de l'orgue venant rehausser la majesté des compositions florales déposées au pied du maître-autel.

La voiture de la mariée, un cabriolet recouvert d'un manteau de dentelle et de fleurs, s'ébranla après la bénédiction, pour s'arrêter ensuite, en tête du long défilé, aux pieds de l'escalier conduisant majestueusement à la porte du château de Montbrison dans la forêt de Chantilly.

A l'entrée, un tableau géant, représentant le portrait d'un général chamarré d'or ayant probablement appartenu à l'armée napoléonienne, montait la garde. Sur les murs, de larges panneaux de soie vert pâle à motifs anciens, enfermés dans des encadrements rouges et or, prenaient sous la lumière des lampes, lustres et appliques, la douce teinte ambrée d'un soleil couchant. C'est un officier de marine, apparenté à M. Paul-Henri, qui, par ses relations, avait offert ce cadre aux festivités nuptiales.

Le premier salon reçut la foule des invités pour un apéritif fastueux. Le champagne se déversait à flots dans ces flûtes de cristal bordées d'arabesques d'or. D'immenses plateaux d'argent étalaient des rangées régulières de petits fours, qu'on avait davantage envie de regarder que de manger, en raison de l'art avec lequel ils avaient été réalisés et agencés.

Vers vingt-trois heures, le traiteur, en habit noir, omniprésent pour pouvoir superviser le service, reçut les félicitations des convives lorsque ceux-ci furent invités à passer à table dans l'immense salle à manger de marbre qui jouxtait le salon au plancher marquetté.

Ils n'en crurent pas leurs yeux, car ils s'étaient déjà

gavés des délicieux petits fours. S'étant crus invités à un simple cocktail, ils ignoraient qu'un couvert princier les attendait. Ils imposèrent donc à leur appétit de revenir, aidés en cela par un orchestre parisien lui aussi, qui invita à danser sur la piste. Les estomacs purent s'alléger de leur premier repas.

Le flot de convives s'écoula lentement d'une pièce à l'autre. Des marque-places dont l'agencement avait dû nécessiter un long travail de réflexion, facilitèrent leur installation ; de plus, de charmantes hôtesses les guidèrent dans ce sens.

De tous les mets qui furent servis par un personnel stylé en habit, l'assistance garda le souvenir impérissable du « médaillon de homard sauce duchesse ».

Gustave et Annette, bien que secondés par un traiteur expérimenté, s'étaient imposé un devoir de vigilance et de courtoisie à l'égard de tout un chacun. Se délectant de la divine surprise qu'ils venaient de faire à leurs invités, ils se tenaient debout, à l'entrée de la salle à manger, pour bien personnaliser l'accueil. Et c'est vrai qu'ils se comportèrent en hôtes parfaits. Et parfaite était leur toilette de cérémonie.

Devant le spectacle de cette assemblée parisienne réunie en ce lieu dont il était l'hôte, — image du Tout-Paris qu'il s'était fabriquée mentalement —, Gustave Namer se laissa emporter par l'ivresse d'un puissant plaisir, celui que l'on éprouve après avoir dompté les forces hostiles du destin. Il était arrivé au zénith.

Quant les parents de Jacques, M. et Mme Chambert, d'origine alsacienne, vinrent leur adresser des félicitations, Gustave et sa femme comprirent qu'ils les avaient fortement impressionnés et réduits à l'impuissance.

— Chez nous, en Alsace, dirent-ils avec leur accent caractéristique, les choses se passent beaucoup plus simplement. Mais dites donc, vous êtes riches aux Antilles !, et ce seul mot semblait évoquer pour eux l'image d'une féerie baignant dans la tiédeur du soleil des tropiques.

— Merci. Merci. C'est très gentil à vous, répondirent-ils sur un ton faussement empreint de modestie alors que cette remarque les comblait d'aise.

Puis Mme Namer ajouta :

— Vous savez, chaque région a ses traditions et ses coutumes, on n'y peut rien.

Il y eut un grand absent à toutes ces festivités : Patrick, qui, retenu par un stage Outre-Rhin, n'était pas parvenu à se libérer pour assister sa sœur ; il avait d'ailleurs été prévenu trop tard.

Les derniers invités prirent congé vers quatre heures du matin.

Annette et Gustave se remémorèrent la cérémonie de leur propre union, vingt-trois ans plus tôt, qui eut pour théâtre la petite place Jules-Joffrin dans le 18e arrondissement. Ils étaient heureux d'avoir pu offrir à leur fille une telle réception qui permettait de mesurer le chemin parcouru.

Ils devaient assister à la répétition de l'événement : Dix-huit mois plus tard, ce fut le tour de Geneviève.

On eût dit que les histoires des deux sœurs suivaient un parallélisme rigoureux en respectant l'écart des années de naissance.

L'entrée de Jacques Chambert dans la famille Namer favorisa celle de ses meilleurs amis. L'un d'eux, André Povrin, jeune médecin récemment installé dans la banlieue bordelaise, s'éprit de Geneviève.

Autre similitude troublante, entre l'aînée et la cadette, les beaux-parents Povrin, sexagénaires encore verts, appartenaient tous deux au monde de la terre, exploitants agricoles dans le secteur maraîcher.

Le 12 juillet 1981, Geneviève devenait Mme André Povrin. La mairie et l'église du 10e arrondissement, le château de Montbrison à Chantilly, les nombreux parents et amis furent à nouveau le cadre de ce deuxième mariage aux apparences princières. Une seule note discordante à la réinterprétation de cette partition bien orchestrée : l'annonce par télégramme du décès de Charlotte. Il était juste quinze heures, quelques instants avant la célébration du mariage civil. Ce contre-temps assombrit Gustave qui, l'espace d'une seconde, se transporta par la pensée à Saint-Joseph. Mais sa sérénité reprit vite le dessus. Il n'admettait pas que ce deuil malencontreux vînt jouer les trouble-fête dans l'ordonnancement de son programme. Après tout, sa mère mourait entourée de ses autres frères et sœurs. Il remit donc à plus tard toute manifestation de ce chagrin qui, de toute évidence, ne serait partagé par aucun des membres de l'assistance.

Patrick, une fois de plus, n'eut pas la possibilité d'assister au mariage de sa sœur. Il était déjà rentré à la Martinique à la recherche d'une situation.

CHAPITRE XVII

Patrick avait maintenant vingt et un ans. Très tôt, il s'était montré rebelle à la philosophie de ses parents. Il avait refusé de se laisser endiguer par un flot de recommandations qui, à ses yeux, étaient fortement teintées d'égoïsme. Il eut très tôt l'intuition que ces consignes sussurées, serinées à l'oreille de ses sœurs, semblaient ne pas trouver leur application dans les réalités amicales voire familiales — au sens élargi — qu'il vivait par l'intermédiaire de ses copains.

Peu à peu, il se sentit l'objet d'une certaine mise à l'écart de la part de ses parents et de ses sœurs ; intuition qui se confirma dans les faits, puisque la sollicitude de sa famille à son égard n'allait pas au-delà du nécessaire matériel. Franc, robuste, ouvert, il aimait se dépenser à l'air libre.

On l'orienta donc — et cela à contrecœur —, vers une filière moins noble que celle de Chantal et Geneviève : une Ecole nationale des Ingénieurs des travaux agricoles. On lui proposa celle de Nantes, chemin de la Géraudière. Ce choix avait pour but de l'éloigner de ses sœurs, pas trop tout de même, la douce région angevine n'était qu'à deux heures de Paris.

Très sensible, ayant un grand besoin d'affection, Patrick vécut très mal cet ostracisme familial : logé en résidence universitaire, il ne bénéficia pas, comme ses sœurs, de la tranquillité d'un appartement familial. La solitude l'incita à rechercher la compagnie de camarades qui avaient plutôt tendance à l'attirer vers l'extérieur. Il n'avait pas eu, comme elles, l'avantage d'une présence maternelle continue. A travers les visites sporadiques qu'il recevait d'elle, il gardait le sentiment que sa mère n'avait qu'une hâte, quitter la province, et, en conséquence, ne s'intéressait à lui que secondairement. Il ne retint guère l'attention du corps professoral que les interventions paternelles avaient négligé, car jugées inutiles. Enfin, ce climat psychologique, dépourvu de stimulants, avait engendré une sorte de désenchantement, que les brumes et le crachin des pays de la Loire n'avaient pas atténué. Il passa trois ans dans cette école sans obtenir de succès à la sortie.

Quel camouflet pour l'orgueil et la fierté de son père. Plutôt que de le laisser s'enfoncer dans l'échec, le père Paul-Henri, homme d'une extrême bonté, intervint en faveur de son petit-fils auprès de Gustave. Il lui tint à la fois le langage de l'affection et de la raison :

— Ecoute, lui dit-il, je connais quelqu'un qui possède une propriété dans les hauteurs du Gros-Morne. Elle est actuellement en friche. Je lui demanderai d'en céder une parcelle à Patrick pour qu'il l'exploite. L'expérience qu'il a acquise dans cette école d'agriculture lui permettra de se tirer d'affaire.

Le père Paul-Henri dut beaucoup insister pour emporter l'adhésion de son gendre qui s'était montré d'abord d'une impitoyable sévérité à l'égard de « ce fruit sec ». Enfin Annette, sur les conseils de son père, put obtenir, trois jours après, l'accord de son mari.

Il fut donc décidé de lui accorder un petit pécule de démarrage d'un montant équivalent au quart de la valeur du terrain. Il reçut ensuite l'aval de sa mère et de son grand-père pour emprunter le reste. Installé au Gros-Morne, chez une vieille dame qui ne lui offrait que le coucher, il n'aurait pas à imposer en permanence l'image de l'échec qu'il incarnait à leurs yeux.

Dans la commune du Gros-Morne, il prit pension chez une autre brave dame, Mme Agénor, joviale commerçante frisant la soixantaine. Son époux, conseiller municipal, l'aidait occasionnellement dans les multiples fonctions qu'elle assumait pendant la journée : servir les clients assis au bar dans une première petite salle du rez-de-chaussée, vendre de l'alimentation au débit de la régie installé dans une autre pièce tout à côté ; cela ne l'empêchait pas de s'affairer à la cuisine, située tout à l'arrière pour préparer le repas des pensionnaires à midi. Sa robe en cotonnade était protégée par un large tablier de grosse toile d'un gris assorti à la couleur de ses cheveux rassemblés en quatre petits tas rappelant les rouleaux de « Jex » fin [15]. C'était sa coiffure de travail. Le tablier lui tenait lieu d'essuie-mains et contrastait à peine avec son teint brûlé à la fois par le soleil et la chaleur de ses fourneaux.

Son époux ne se sentait pas tenu de s'investir totalement dans l'aide qu'il pouvait lui apporter, sa position d'élu de la commune lui imposant plutôt d'arpenter quelques mètres du trottoir en fumant la pipe et serrant quelques mains, histoire d'entretenir constamment les liens entre l'édilité et les administrés.

— Monsieur, monsieur Agénor !

— Salut citoyen !! répondait-il sur un ton patriotique.

Ce trottoir, étroit, séparait en plein bourg la pension de la rue principale, de part et d'autre de laquelle se trouvaient en enfilade : le marché, le cimetière, la pharmacie, deux écoles, l'une de filles et l'autre de garçons, un cabinet médical, un salon de coiffure pour hommes, quelques merceries et bazars. A l'autre extrémité de cette rue principale se dressait, imposante, l'église. Les habitants de cette commune avaient une réputation de spontanéité et de candeur au sommet de laquelle flotte encore une odeur de désopilante légende qui a traversé les âges. Cette légende aurait mis en lumière, paraît-il, l'exemplarité des habitants de cette commune dans le domaine de la sotte candeur et de la naïveté niaise. C'est là, au cœur de la Martinique profonde, que Patrick installa sa nouvelle vie.

Le midi, avant de prendre place autour de la table ovale qui occupait presque toute la surface de la salle du premier étage, les pensionnaires avaient coutume de se pencher par la fenêtre, de s'appuyer sur le balconnet ou de commenter, assis dans les berceuses du petit salon, quelques faits divers. Le traditionnel plat de « soupe habitante » sonnait le ralliement de tout ce petit monde composé de petits fonctionnaires, de représentants, de marchands ambulants. Patrick ne put s'empêcher d'être frappé par la disparité de cet ensemble d'individus.

Instituteurs et institutrices regagnant la ville pour la plupart après les classes du soir constituaient le gros du bataillon de commensaux prompts à apprécier la bonne cuisine de Mme Agénor.

De tout ce groupe, se distinguait une jeune institutrice remplaçante que Patrick avait remarquée en raison de son silence dû probablement à sa timidité. Cette mignonne capresse âgée environ d'une vingtaine d'années résidait au Glottin, hameau très éloigné du bourg. Pour s'épargner de trop longs déplacements entre les cours du matin et ceux de l'après-midi, elle déjeunait à midi à proximité de son école ; ce qui lui permettait d'effectuer son travail de préparation, de correction, et d'assurer quelquefois la surveillance de la cantine et des retenues.

C'était la fille d'un employé municipal, garde-champêtre plus exactement, grand organisateur de fêtes patronales et de bals populaires. Savoir que sa fille faisait la halte de midi dans la très respectable maison de Mme Agénor, membre de la famille municipale, rassurait ce père. Le hasard biologique avait fait d'elle une capresse au teint fortement cuivré bien qu'elle fût la progéniture de mulâtres au teint clair. Sa mère l'avait abandonnée très jeune aux soins d'une rivale qui l'avait évincée du cœur du garde-champêtre. Grand-mère paternelle et belle-mère eurent à exercer leur sollicitude sur une nichée de quatre enfants répartis sur deux lits. La première, couturière de profession, pouvait, en raison de la sédentarité jeter l'œil sur cette marmaille, pendant que la seconde, retenue par les travaux des champs et la vente des produits sur le marché le samedi, s'employait à compléter le salaire de son mari.

Tout ce petit monde habitait une villa ; pour y parvenir, il fallait emprunter une route vicinale empierrée qui soumettait aux pires épreuves les amortisseurs des voitures. Cette villa était souvent repeinte, ceci afin d'effacer les couches de limon qui avaient tendance à en tapisser les murs après les pluies torrentielles de l'hivernage. Sa façade arrière donnait sur un vaste champ sillonné de rangées bien régulières de choux à pomme dodus, de poireaux à la longue silhouette échevelée, de pieux de bambou autour desquels s'entortillaient les plants d'ignames, les larges feuilles de choux de chine en forme de parasol. C'est en ces lieux que Mme Augustin, épouse du garde-champêtre, belle négresse aux charmes généreux, passait le plus clair de son temps.

Dans les premiers jours de novembre, le ciel ouvre ses vannes sur les fêtes de la Toussaint : un torrent de pluie et d'eaux boueuses ravinent les plus humbles sépultures faites de terre battue et menacent de les emporter. Passée la « Trêve des Morts », la semaine commencée sous le signe d'une alerte cyclonique s'était prolongée dans la même grisaille humide, réduisant à l'inertie certaines voitures engourdies et transies de froid.

En ce matin du 4 novembre, jour de la reprise des classes, Sylviane Augustin arriva avec quelques minutes de retard à son service. Sa voiture étant en panne, elle avait dû s'embarquer dans une « bombe »[16] qui avait cheminé péniblement le long d'une route truffée d'ornières creusées par les eaux de ruissellement. Cette « bombe » dut marquer de nombreux arrêts pour embarquer des voyageurs qui l'attendaient trempés jusqu'à l'os.

A midi, à la table de Mme Agénor, chacun des pensionnaires se mit à raconter son odyssée et à faire l'inventaire des dégâts, par ouï-dire ou lus dans la presse.

Cette conversation conduisit Sylviane à sortir de sa réserve habituelle et à se livrer — involontairement — au regard intrigué et ébloui de Patrick. Elle participa si activement à la conversation, que Patrick ne put s'empêcher de poser sur elle un regard plein d'admiration, qu'il ne parvenait pas à rendre discret.

Profitant des circonstances, et pour épargner à la jeune fille les déboires d'un retour plein d'aléas, il lui offrit de la reconduire chez elle après les classes de l'après-midi.

La conversation que les deux jeunes gens engagèrent sur le parcours prit le tour anodin d'un échange de vues sur la vie à la campagne, l'ambiance de l'école, le niveau des élèves, le rythme des récoltes, les plantations saisonnières, l'écoulement des produits...

Le beau temps revenu, le garagiste de la commune remit en état la voiture de Sylviane dont le moteur avait souffert de l'humidité. Patrick vit arriver avec une certaine tristesse le moment où cette réparation allait sonner le signal de la séparation. Alors, prenant son courage à deux mains avec cette sorte de brutalité candide qui caractérise les hommes profondément et sincèrement amoureux, il déclara sa flamme à la passagère comme pour la retenir in extremis.

Etaient-ce là les signes héréditaires de cette fougue qui s'était manifestée dans le trois-pièces de la rue de Clignancourt, quelque vingt-cinq ans auparavant ?

Sylviane, pour ainsi dire, épouvantée, rendue quelques secondes aphasique par le discours bref et inattendu de son interlocuteur, devint livide, blême, puis recouvrant la parole, répondit quelque peu gênée :

— Il faut que je réfléchisse.

Cette déclaration qui venait de retentir comme un coup de tonnerre, entraîna, pour les deux jeunes gens, une nuit d'insomnie peuplée d'interrogations de toutes sortes : « Mais est-ce bien ce que j'ai entendu ? » « Moi, vivre avec ce garçon ? » « Est-ce que j'aime cette fille aussi profondément que je le crois ? » « Mais qu'est-ce qui m'est arrivé ? »

Le lendemain, à la pension Agénor, leurs regards évitèrent de se croiser. Une gêne inexplicable s'était emparée d'eux : l'un pensait avoir agi avec trop d'agressivité et l'autre estimait avoir été violée, piégée dans sa bonne foi. Les autres commensaux remarquèrent leur silence mais ne lui attribuèrent aucune signification particulière. Quelques jours après, comme pour se libérer de sa gangue de silence, Patrick monopolisa le crachoir en ramenant vers lui l'attention de toute la tablée.

— Vous savez, leur dit-il, être exploitant agricole de nos jours n'est pas chose facile. J'admire tous ceux qui ont réussi dans cette branche ! Comment s'y sont-ils pris ?

— Ce n'est pas difficile, répondit un vendeur d'engrais de passage.

— En connaissez-vous qui se tirent d'affaire ? reprit Patrick.

— Il en existe certainement, dit quelqu'un d'autre. Tenez, vous pouvez vous adresser à Mlle Augustin, ses parents sont fournisseurs de la cantine en fruits et légumes. Vous ne sauriez mieux tomber.

Patrick s'aperçut que son initiative de monopoliser la parole lui avait valu — bien involontairement — une entrée en matière propice à la reprise des relations avec Sylviane. Avec comme prétexte une visite des exploitations de la région, il empruntait la voie royale qui le conduisait tout droit, et aussi souvent qu'il le voudrait, au domicile des parents de la jeune fille. Les soi-disant enquêtes chez les Augustin lui permirent de découvrir les principes sur lesquels reposait cette petite vie de famille bien tranquille : simplicité, franchise, amour, naturel, gaieté, à l'image de cette généreuse nature environnante : le chant des oiseaux sous le chaud soleil, la brise accompagnant les gestes du cultivateur, la démarche rythmée des enfants la tête enfouie sous d'énormes bottes d'herbe fraîchement fauchée pour le bétail.

Ce cadre ne fit qu'embellir les qualités que Patrick attribuait à la jeune fille, et il vit en elle la seule personne qui pût le comprendre, l'aider et pourquoi pas l'aimer. L'impression de bien-être qu'il éprouvait en sa compagnie s'intensifia au fil des jours en même temps que grandissait en lui la sensation de respirer un air pur, vivifiant. En fréquentant cette famille, il apprit à en connaître les différents membres, sur plusieurs générations, à travers les photos placées l'une contre l'autre dans un grand cadre de bois verni, accroché au mur : ici une tête calendée, là un communiant en costume de marin avec son brassard ; placé juste après, un patriarche à la moustache abondante.

La politesse toute simple des passants qui lâchaient un sonore : « Messieurs et dames bonjour », à hauteur de la villa, lui donnaient une âme « rousseauiste » en face de cette nature et de ces gens qui respiraient le vrai. Cette atmosphère le changeait des rapports artificiels dans sa propre famille.

Sylviane fit peu à peu une place dans son cœur à ce garçon qui l'aimait silencieusement.

Accordant le plus clair de son temps à la jeune demoiselle Augustin, Patrick avait espacé ses visites chez ses parents. Ceux-ci à la fois mi-inquiets mi-satisfaits s'interrogeaient.

— Mais que devient-il ? disait la mère.

— Ah ! Mais laisse-le tranquille, tranchait le père. Pas de nouvelles bonnes nouvelles. Il doit se débrouiller là où il est. Et c'est très bien ainsi.

Un dimanche matin de très bonne heure, le docteur Namer entendit résonner la sonnerie du portail. La servante alla ouvrir, et c'est un Patrick tout radieux qui se trouva face à sa mère que la curiosité avait précipitée dans le vestibule.

La chaleur des retrouvailles maternelles contrasta avec le glacial accueil paternel murmuré sur un ton d'indifférence.

Annette entraîna son fils dans la chambre.

— Alors, quelles nouvelles ? dit-elle, pressée de connaître les moindres détails de la nouvelle vie de son fils. Se laissant aller à sa spontanéité, Patrick s'empressa de tout raconter à sa mère en qui il crut découvrir, pour la première fois peut-être, une confidente complaisante.

Une vive satisfaction envahit la quinquagénaire. A l'écoute des premières paroles de son fils, un rayon de soleil lui illumina le visage et lui embrasa le cœur. Haletante de curiosité, elle le pressait maintenant de questions :

— Que fait-elle ? Que font ses parents ?...

Alors, Patrick se mit à lui énumérer maints détails

d'ordre sociologique, architectural, vestimentaire, financier et autres, concernant la famille Augustin. Brusquement Annette l'interrompit :

— Mais dans quelle famille es-tu tombé, mon fils ? Une fille plus âgée que toi ! Une marchande de légumes comme belle-mère ! Mais tu es fou ! Tu ne te rends pas compte du décalage que tu introduis ainsi entre tes sœurs et toi ? Mais quelle idée tu as eue d'envisager un tel mariage ? demanda-t-elle, au comble de l'irritation.

Puis, élevant les bras au ciel comme pour implorer l'intervention de la puissance divine, elle ajouta :

— Vraiment, ce garçon fera notre malheur.

La voûte céleste se serait effondrée sur elle, que le mal eût été moindre à ses yeux. Si, en ce moment de désarroi, l'image des beaux-parents d'une de ses filles, maraîchers bordelais et marchands de légumes eux aussi, lui était venue à l'esprit, ses craintes eussent été sans nul doute apaisées.

— Hélas, le malheur est fait, maman, reprit Patrick d'un ton froidement déterminé. Ce qui importe pour moi maintenant, c'est d'organiser ma vie à moi.

Annette resta comme médusée en entendant la réponse tranchante de son fils. Elle sentait, à l'entendre, qu'il était inutile d'insister, sans pour autant renoncer à penser que ce fils allait vers une nouvelle catastrophe, un nouvel échec.

Annette resta silencieuse ; ses pensées s'entrechoquaient dans sa tête : tempête sous un crâne. Assise sur le rebord de son lit, terrassée par le récit qu'elle venait d'entendre, elle demeura prostrée, le visage caché dans ses mains, se sentant impuissante à modifier le cours des choses. Les yeux fermés, elle semblait partie pour un long voyage intérieur. Une berceuse tendit les bras à Patrick qui s'y installa de la manière la plus décontractée qui fût : l'extrémité des talons reposant sur la coiffeuse, il se mit à feuilleter d'un air amusé un magazine de mode féminine. Sa tenue de campagnard, « jean », chemisette légère et tennis bleus, donnait du relief à cet air dégagé propre aux habitués des champs.

Annette entre-temps sortit de sa longue réflexion, avec en tête une solution que lui avait dictée sa conscience ou plutôt son désir de temporiser, de calmer et d'atténuer le choc. Bref, elle avait pensé qu'il valait mieux ne pas mettre de l'huile sur le feu. Elle remit à plus tard le compte rendu de cet entretien à son mari, estimant que seule la diplomatie du père Paul-Henri pouvait l'aider à affronter la colère et la désillusion d'un père qui se détachait de plus en plus de son fils.

— Ne t'inquiète pas, j'arrangerai cela avec ton père, dit-elle à Patrick, d'une voix résignée.

— Mais il n'y a rien à arranger, dit-il, en continuant à se bercer pour se gausser du désarroi qu'il avait infligé à sa mère. Je m'en vais le lui dire tout de suite.

— Oh non ! Oh non ! interrompit Annette en se dressant d'un bond comme pour intercepter la main de Patrick qui s'apprêtait à saisir la poignée de la porte. Je ferai le nécessaire.

Suspectant quelque intervention tortueuse, Patrick préféra prendre congé sur-le-champ avec ces mots :

— Je m'en vais tout de suite, car j'ai fort à faire sur la propriété.

Il n'eut pas le temps de prendre le petit déjeuner que la servante avait, comme à l'accoutumée, servi sur la table de la véranda. Annette dut se composer une mine sereine pour retrouver son mari à table.

La semaine d'après, la sagesse du vieux patriarche Paul-Henri atténua quelque peu, comme on pouvait s'y attendre, l'amère déception du médecin en argumentant qu'il fallait attendre de connaître la jeune fille avant d'arrêter un jugement, qu'il était préférable que Patrick fondât un foyer plutôt que de fréquenter des bandes de copains, et qu'une institutrice n'était pas un si mauvais parti pour Patrick...

— Oui mais il serait préférable qu'elle soit titulaire, rétorqua le médecin qui, par cette réplique, se montrait plus soucieux de ruiner l'argumentation de son beau-père que de rechercher des éléments de sécurité à son fils. Et puis tant pis pour lui, acheva-t-il.

Admettant intérieurement qu'il avait toujours vu en son fils une progéniture calamiteuse, il rendit les armes, en laissant entendre à ses deux interlocuteurs — dont l'une, Annette, était étrangement muette, qu'il avait mieux à faire que de s'occuper des amourettes de Patrick. Il se déchargeait volontiers sur eux de cette affaire.

Annette soupira dans son for intérieur ; l'orage était passé. Elle se réjouit d'avoir eu recours à son père qui avait joué le rôle de négociateur ; en raison du respect dû à son âge, il ne se voyait rien refuser.

Le plus dur étant fait, il fallait passer à la phase suivante, — autrement dit de rencontrer, pour chercher à la connaître, la jeune fille à qui allait échoir le redoutable honneur de s'appeler Mme Namer.

CHAPITRE XVIII

Annette se sentit rassérénée, après le dimanche passé en compagnie de son père au cours duquel ce dernier avait fait la démonstration de sa diplomatie ; ce qui d'ailleurs eut des suites pacifiques pour le ménage. Doublement apaisée, car elle était parvenue à circonscrire un incendie et à éviter un esclandre, elle avait maintenant toute latitude pour suivre d'un peu plus près la vie sentimentale de son fils. Un simple coup de téléphone à ce dernier le prévint que l'atmosphère était à la détente. « Quel miracle s'était donc produit ? » se demanda-t-il.

Pour satisfaire sa propre curiosité, Annette fit part à son fils de son désir de connaître l'élue de son cœur. Mais était-ce bien par là qu'il fallait commencer. N'appartenait-il pas plutôt aux Augustin d'être les premiers à être informés sur le milieu d'où venait le prétendant de leur fille ? Pour ne pas se soumettre à cette exigence, Annette allégua qu'une telle formalité n'avait plus cours. En réalité, elle ne tenait pas à faire les premiers pas : se déplacer vers cette famille qui lui était socialement inférieure, c'eût été déroger à son rang.

Patrick accéda au désir de sa mère et lui présenta Sylviane de trois ans son aînée. C'était un mercredi, jour de congé scolaire. Etant retenue à son cabinet par une nombreuse clientèle, le docteur Namer n'assista pas aux présentations ; il n'en avait pas été prévenu.

L'apéritif fut servi dans le cadre intime d'un petit boudoir, et la table fut dressée sur la terrasse d'où l'ardeur du soleil s'était retirée. Puis le goûter, vers les 16 heures, fournirent à Annette l'occasion d'examiner la jeune fille sous tous ses angles, dans ses moindres gestes, comme pour décrypter ses pensées profondes.

La jeune fille s'était endimanchée pour faire son entrée dans un cadre qu'elle ne savait pas aussi luxueux. Elle en fut éblouie, mais s'efforça de surmonter son étonnement pour rester naturelle comme elle avait l'habitude de l'être avec son fiancé.

Au moment de prendre congé, Annette embrassa sa future belle-fille comme pour montrer à son fils que tout allait bien et qu'elle approuvait son choix, ce qui ne manqua pas d'intriguer Patrick. Il regarda d'un œil à la fois interrogateur et incrédule la superficielle étreinte de ces deux femmes. Cette scène avait, selon lui, quelque chose de suspect. En effet, Annette ne s'était pas fait faute de se moquer, en cachette, de la jeune fille avec sa sœur Nadiège. Mais gardant en mémoire la philosophie du sage M. Paul-Henri, elle tint par la suite à rassurer son fils en lui disant notamment :

— Tu sais, elle n'est pas si mal. Bien entendu, elle est un peu grosse. Sa petite robe ne lui allait pas trop mal. J'en ai parlé à ton père et il pense comme moi.

Patrick avait deviné à cette phrase que sa mère avait intercédé auprès de son père pour lui arracher son consentement. Il s'apercevait, derrière cette assurance empressée, que l'appréhension d'une mésalliance avait prévalu dans les consultations familiales. Il ne s'en ouvrit pas à sa fiancée qui en aurait été blessée.

Devant l'insistance de Patrick qui avait tout mis en ordre de son côté, la famille Augustin arrêta, de concert avec les amoureux, la date des fiançailles, puis celle du mariage. Ces deux célébrations devaient être distantes de six mois. Sur les conseils avisés de son beau-père, Gustave assista aux deux cérémonies. Il avait pris depuis longtemps le parti de ne plus se risquer à contrarier le destin de son fils. Il acceptait d'être mis devant le fait accompli, à la fois pour ne pas déplaire à son beau-père à qui il devait d'avoir veillé comme une fée sur le berceau de sa carrière, et ensuite parce qu'il estimait inutile de piquer des colères qui n'auraient rien changé, l'irréparable ayant déjà été fait. Il avait fini par se faire une raison : ses filles lui ayant donné d'immenses satisfactions, il était suffisamment comblé.

Le jour des fiançailles arriva. Une journée dominicale en fut le cadre. Ce type de cérémonies réunissaient, dans l'intimité la plus stricte, les très proches parents des futurs époux auxquels s'adjoignaient quelques rares amis conviés en raison de leur respectabilité ou des liens d'amitié que le temps avait finement tressés entre eux et la partie invitante.

Ces convives de l'amitié se recrutèrent du côté des Augustin, tandis que du côté des Namer seuls quelques représentants s'étaient montrés à la fête. Le docteur et sa femme entendaient ainsi ne pas trop multiplier les paires d'yeux qui devaient découvrir le « guêpier » dans lequel l'infortuné Patrick s'était fourvoyé. Annette limita le nombre de ses parents à cinq, y compris ses sœurs Nadiège et Florence, estimant que la déchéance de son fils n'avait pas besoin de spectateurs supplémentaires. Le père Paul-Henri, ses trois filles et son gendre se rendirent à l'invitation des Augustin.

Un soleil éclatant magnifiait cette fête célébrée, pour la première fois dans la famille Augustin. Certes, la maison familiale avait déjà abrité des repas de baptêmes et de communions, mais de fiançailles point. Les Augustins s'étaient laissés prendre de court par le caractère inédit pour eux de cette cérémonie que le hasard venait de leur imposer. Ils s'organisèrent en parant leur maison d'éléments divers soit empruntés aux fêtes traditionnelles, soit recueillis auprès de jeunes ménages que connaissait Sylviane, plus amplement informés qu'elle. Cet apport extérieur d'informations concernait plus particulièrement le moment consacré à la remise de la bague.

Sur le coup de midi, la phase essentielle de la fête, la plus traditionnelle aussi, fut abordée. Une vingtaine d'invités prit place dans l'unique salle de séjour qui, pour la circonstance, avait été débarrassée des sacs de pois d'angole qui s'y amoncelaient habituellement. On leur avait substitué des bouquets d'anthuriums. L'apéritif fut servi. Devant chacun des invités s'arrêtaient des serveuses, amies de la maîtresse de maison engagées bénévolement pour l'occasion. Car il en était ainsi à la campagne : la pratique du coup de main était une règle d'or. Un peu intimidées et malhabiles dans leurs gestes quand elles soutenaient de lourds plateaux garnis de verres et d'assiettes débordant d'accras de morue [17], elles s'appliquaient à répondre de leur mieux aux désirs des uns et des autres. Le petit punch accompagné du boudin créole rallia la majorité des suffrages ; on servit aussitôt après de l'eau de coco translucide légèrement sucrée, avec des particules de pulpe en suspension, qui ajouta une note champêtre à ces fiançailles.

Pâté en pot, côtelettes et gigot de mouton se succédèrent sur la table installée plus loin dans le jardin, sous un abri de toile — une bâche — prolongeant la petite véranda dont la surface n'aurait pas suffi à donner de l'aisance aux allées et venues des serveuses. Cette sorte de grande tente, supportée par de longs pieux de bambou, était un chef-d'œuvre d'architecture légère dû à la longue expérience qu'avait acquise un des voisins, en montant des échoppes dans la cour de récréation de l'école communale, lors des fêtes patronales. Les sièges avaient obligeamment été prêtés par le responsable de la cantine scolaire.

Il revenait au maire de la commune, directeur d'école de profession, de prendre en premier la parole d'une voix pleine d'autorité et d'assurance. C'était de connivence avec le père Augustin dont il était l'ami et l'employeur de longue date, qu'il jouait les majordomes. Il essaya plusieurs sujets qui eussent pu lui attirer sinon l'intérêt général du moins les répliques de ces gens de la ville, auxquels il ne s'estimait en rien inférieur, mais en vain. Après quelques chaleureuses félicitations adressées par le père Paul-Henri visiblement transporté par la suavité du nectar de nos cocotiers et la flamme du punch, les citadins s'étaient réfugiés dans un silence singulier, laissant errer sur leurs lèvres un sourire permanent de condescendance, et déplaçant un regard de commissaire-priseur sur les personnes et le mobilier de la maison comme s'ils cherchaient à les évaluer et à les situer dans l'espace social et dans le temps.

Pour cerner et analyser la nature des sentiments de Gustave, et peindre à cet instant sa physionomie, il aurait fallu chercher des comparaisons dans les gravures d'époque représentant des marchés d'esclaves, car on aurait pu lire sur son visage le regard scrutateur et hautain d'un planteur, soucieux de tourner en dérision la marchandise qu'on lui présente afin d'en diminuer considérablement le prix. Du haut de sa position sociale, il considérait tout ce petit monde d'un œil amusé, avec une sorte de curiosité de laboratoire pour ces béotiens encore prisonniers de leur ruralité bonasse.

Il ne sortit de sa réserve condescendante que lorsque le discours du premier magistrat de la commune aborda, par hasard, une question qui défrayait la chronique dans la région : la mise en liquidation judiciaire d'une entreprise de confiture et de jus de fruit, appartenant à une riche famille béké, les de Torcy. C'est le genre de sujets qui intéressait Gustave, car s'il n'aimait pas entendre parler du succès des autres, il se délectait au contraire en apprenant leur déconfiture. Bien qu'il les enviât et les admirât, Gustave entretenait une irritation viscérale contre tous ces békés qu'il tenait à tout prix à « dépasser » : c'était une des raisons profondes qui le poussaient à travailler comme un damné.

Cette ambiguïté leva en lui un besoin irrésistible, incontrôlable, de se jeter dans la conversation qui allait bon train, et il lança la remarque suivante :

— Comme cela doit être pénible de se retrouver sur la paille du jour au lendemain. Pour ma part, j'aimerais mieux mille fois mourir.

— Et que dites-vous, docteur, des chômeurs que j'aurai sur les bras au service social ? répliqua le maire.

Visiblement, Gustave ne s'était pas préoccupé du sort des malheureux ouvriers sur lesquels le maire venait de braquer les projecteurs. Il les avait totalement oubliés de la même manière qu'il avait occulté depuis longtemps toutes réminiscences — qui auraient pu ressurgir à travers ce drame social —, de ses modestes origines. Attribuant l'intervention inattendue de Gustave à ses talents d'orateur, le maire en fut réjoui, et il poursuivit sa péroraison sur le coût des investissements qu'avait nécessité une infrastructure indispensable à la mise en valeur de l'usine des de Torcy.

— On tend la perche à ces békés, et ils ne savent même pas la saisir, reprit à nouveau Gustave, dominant un tourbillon de voix passionnées par le sujet.

D'abord axée sur les travaux d'infrastructure, la conversation s'orienta ensuite vers la modification du paysage. On en fit l'inventaire et chacun — y compris Annette — décrivit, semblables à des cartes postales, les différents lieux qui avaient changé, si bien que se dressait, chemin faisant, un véritable puzzle de localités portant l'empreinte de la modernisation routière et de l'apparition tous azimuts, de coquettes villas. Mais Gustave Namer ne permit pas à la conversaton de s'égarer dans cette voie ; après s'être fait, entendre en énumérant la liste des sites à admirer, il ouvrit toutes grandes les vannes de sa faconde, et il polarisa sur sa personne l'attention de l'assistance ; c'était sa façon à lui de se substituer à l'infortuné M. de Torcy dans les préoccupations du maire. Ce n'était point dans le but d'apporter une solution à cet épineux problème social, bien entendu. On eut droit par contre à la lecture d'un palmarès, le même qui avait déjà été publié chez les Paul-Henri, le premier jour de son arrivée. Par une sorte de décret unilatéral, Gustave Namer avait décidé qu'il était l'une de ces rares et exceptionnelles intelligences que la Martinique ait jamais portées. Cela lui avait valu de traverser sans encombre les péripéties — ô combien acrobatiques — de son ascension sociale. Et il était déterminé à en apporter la preuve. Les nombreux témoignages d'autosatisfaction qu'il se décernait à propos de ses prouesses estudiantines avaient force de sentences et pouvaient être interprétées comme une condamnation implacable lancée à l'encontre de ceux qui étaient autour de la table, coupables à ses yeux de n'avoir pas su en faire autant. Face à un auditoire qui avait la politesse d'écouter religieusement son panégyrique, il était intimement persuadé de n'avoir à faire qu'à des admirateurs béats et veules. Du moins, son imagination les fabriquait-elle ainsi. A côté de lui, son épouse, compassée, ivre de fierté, applaudissait mentalement à l'écrasante victoire qu'il remportait sur ces paysans incultes.

Les fiancés, eux, n'y voyant rien de malsain, furent surpris par l'agréable tournure que semblaient prendre les événements ; ils se disaient des petits mots à l'oreille et s'entrelaçaient les doigts au-dessous de la table ; ils se sentaient maintenant bien loin de ceux qui, venus porter un toast à leur bonheur, ne faisaient plus attention à eux, subjugués qu'ils étaient par la péroraison du docteur. Ils estimèrent avoir remporté un premier succès en attendant d'aborder la seconde étape sur la route de leur bonheur.

Six mois plus tard, tout le village se pressait aux abords de l'église pour y applaudir une mariée portant une robe dont la majestueuse traîne reléguait à plusieurs mètres derrière le premier des huit couples du cortège.

La cantine scolaire du bourg, choisi comme théâtre de la réception, ne comptait pas moins de deux cents invités. Après le banquet, la mariée ouvrit le bal et, plus tard dans la soirée, danseurs et danseuses ne tarissaient pas d'éloges à l'égard d'un orchestre qui leur servit tour à tour biguines, valses, mazurkas et tangos jusqu'à une heure avancée de la nuit.

CHAPITRE XIX

Une fois éteints les lampions de la fête, Gustave, revenant à des considérations selon lui plus sérieuses, donna, dans le flot d'impressions qu'il échangea avec sa femme, le pas à sa logique, cette logique qu'il avait construite de toutes pièces pour sauvegarder les acquis de sa promotion sociale. C'est le dimanche matin qui se prêtait le mieux à ces conversations intimes dans la chambre conjugale. Le petit déjeuner y fut servi, ce jour-là, par Annette qui avait exceptionnellement donné congé à sa bonne.

— Tout cela est bien beau, dit-il. Patrick semble avoir trouvé son bonheur chez ces campagnards. J'en suis ravi pour lui. Si c'est ce à quoi il aspire. Mais surtout qu'il ne s'avise pas de nous les imposer. Que cela soit bien clair : je ne servirai pas d'échelle à tous ces péquenots pour qu'ils se haussent du col en nous fréquentant. Il n'est pas question qu'on leur rende une quelconque invitation. Les usages, je m'en moque. Et il n'est pas sûr que je les reconnaisse quand je les croiserai dans la rue.

A l'écoute de ce discours, Annette se transporta par la pensée des années en arrière, sur la côte d'Azur où, pendant son voyage de noces, elle fit connaissance avec les idées de son mari ; elle y avait par la suite adhéré jusqu'à la plus petite fibre de son être.

— Ne t'inquiète pas, lui répondit-elle.

Visiblement, elle était libérée de l'angoisse de la fête qui, à vrai dire, ne s'était pas trop mal passée. Des mariages comme celui-là, elle en avait connu beaucoup dans son enfance et son adolescence, à une époque où sa mère était institutrice à la campagne. Elle se sentait libérée aussi du poids de l'infamie que son fils avait tenté de lui faire supporter. Désormais, elle déchargerait sa rancœur sur sa belle-fille qui en avait si complaisamment accepté d'en être l'instigatrice.

Entre-temps, les jeunes mariés étaient rentrés de leur

voyage de noces passés dans un hôtel « deux étoiles », aux Trois-Ilets, histoire de rompre avec la luxuriance du Gros-Morne en séjournant dans une région moins arrosée, mais visitée en permanence par la vague déferlante des touristes, car les Trois-Ilets, commune natale de l'impératrice Joséphine, ont gardé l'attrait des rivages chargés d'histoire. Tout séjour en dehors des limites de l'île aurait d'ailleurs été trop coûteux à ce jeune ménage qui avait à faire face à d'énormes frais pour s'installer. En effet, le jeune couple Namer élit domicile dans le même hameau du Glottin, à un kilomètre de la maison des Augustin.

Cette implantation, qui avait été le fruit du hasard, offrait des avantages appréciables. C'est là que Patrick avait déjà fait l'acquisition d'une petite propriété à un prix modéré car son bailleur, âgé, voulait s'en débarrasser à n'importe quel prix pour mettre fin à une discorde familiale avant sa mort.

Sylviane put à loisir visiter ses parents qui l'aidèrent de leur mieux à démarrer dans la vie. Sa grand-mère abandonna volontiers aiguilles et ciseaux pour lui préparer de bons petits plats qu'appréciait son époux. Sylviane se mit aussi à la confection de plats, tirant largement parti des conseils culinaires de sa grand-mère qui avait été employée comme cuisinière, dès son jeune âge, chez les békés. Patrick et elle ne changèrent pas leur habitude de déjeuner au bourg chez Mme Agénor. Sylviane pouvait ainsi se consacrer à son métier, puis, en rentrant dans le courant de l'après-midi, s'adonner aux soins de son intérieur qu'elle choyait littéralement. Le soir, après une journée de labeur sous un soleil de plomb, Patrick se retrouvait, détendu et heureux, dans leur petit intérieur, coquettement aménagé par Sylviane. C'était une maisonnette en bois de trois pièces, flanquée d'une véranda sur la seule façade principale. Laissée à l'abandon par ses anciens propriétaires, elle avait quelque peu souffert de l'humidité qui émanait de l'épaisse ceinture d'arbres majestueux tout autour. Fort heureusement, la célérité des ouvriers municipaux, dépêchés par M. Augustin, l'avait sauvée d'un délabrement déjà assez avancé : la pose d'un nouveau carrelage, la réfection de la toiture et du plancher vermoulu, la peinture jaune crème des façades ornées de nombreuses persiennes, donnèrent une seconde jeunesse à cette maison.

Patrick tira un précieux enseignement des visites qu'il rendait à sa belle-mère : les ficelles du métier, les petites astuces que seule l'expérience apporte, mais surtout il lui échut le marché de la cantine et celui de l'hôpital de Trinité, tout cela grâce à la bonne entente qui régnait entre lui et sa belle-famille.

Fort de ces premiers succès, il eut l'idée de monter une petite unité de transformation de produits alimentaires. Il sut à cet égard exploiter toutes les connaissances qu'il avait acquises à l'E.N.I.T.A. de Nantes pour jongler à merveille avec les vertus des fruits et légumes dont son jardin abondait maintenant.

Dans un angle de ce même jardin, il dressa un petit hangar de tôle ondulée abritant quelques machines pour broyer les fruits, en assurer la cuisson, en extraire le jus, faire sécher la pulpe, la réduire en poudre... Il jetait là les bases d'une petite industrie appelée à connaître une évolution florissante.

Sylviane, entre-temps, subissait avec succès son C.A.P. Elle aimait passionnément son mari. Elle possédait cette intelligence du cœur qui lui fit très tôt découvrir qu'il était victime d'un ostracisme inexplicable de la part de ses propres parents. Elle avait compris cela dès le début, mais avait préféré n'en rien laisser paraître espérant qu'avec le temps et l'évidence des faits, la raison l'emporterait.

Elle stimulait Patrick dans ses recherches, aguisant sa curiosité, lui faisant souvent des suggestions, avec beaucoup de tact, mais elle s'efforçait aussi de le distraire et de lui procurer des dérivatifs notamment pour le guérir d'une insomnie qui le minait insidieusement ; l'ostracisme dont il était victime en était la cause. Pourtant, Sylviane n'avait pas pris en grippe ses beaux-parents. Elle mettait la distance qu'ils observaient sur le compte des préjugés qui ont cours dans cette petite société insulaire, mais qui se dissipent dès la naissance d'un petit-enfant. Aussi incitait-elle Patrick à leur faire des prévenances, n'oubliant aucun anniversaire, leur offrant les produits du jardin. C'était peine perdue, car la famille Gustave Namer ne voyait dans ces prévenances que de la flagornerie venant de campagnards soucieux, avant tout, de forcer le portail d'entrée de la villa « Les Jasmins » à Didier. Aussi, les remerciements d'Annette à son fils ne furent jamais très empressés, et pas plus elle que son mari ne manifestèrent la moindre trace de satisfaction devant l'honnête prospérité de l'exploitation tenue par leur fils.

La vraie raison du rejet de Patrick de la sphère familiale c'est qu'on ne lui pardonnait pas d'avoir échoué dans ses études universitaires ; on lui en voulait surtout d'avoir terni le blason de la famille en refusant d'embrasser, comme son père et ses sœurs, la noble carrière médicale. D'ailleurs, la couleur de son teint ne semblait-elle pas l'avoir prédestiné au métier qu'il avait choisi, un métier manuel qui était l'apanage des couches défavorisées ? Ainsi à la fatalité s'était associée l'obstination du jeune gamin sur laquelle avait buté la volonté des parents.

Annette, en réalité, fut très surprise des prouesses que réalisait son fils sous l'influence de Sylviane ; pourtant cette dernière ne trouvait pas grâce à ses yeux. Quand il lui arrivait de les recevoir — en l'absence de son mari toujours retenu à son cabinet —, elle affichait des sourires figés, un masque de mère comblée, mais son cœur n'y était visiblement pas. Elle considérait sa belle-fille comme un corps étranger, une sorte d'excroissance perturbatrice pour son standing. Elle s'était arrangée pour ne pas se croire tenue de rendre les invitations qu'elle avait reçues des parents Augustin, dès l'époque des fiançailles. Elle s'ingénia à mettre en place un plan machiavélique, pour se dérober à cet élémentaire devoir de civilité, en alléguant que le jour du mariage sa jeune sœur Nadiège avait fait l'objet de soins trop empressés de la part de Marcel, le frère de la mariée. Les deux jeunes gens se seraient revus puis écrit par la suite en cachette. La nouvelle s'ébruita on ne sut par quels canaux. Quant aux preuves, nul ne put en fournir. Toujours est-il qu'elle se saisit de ce prétexte pour éloigner cette famille qui comptait en son sein un malappris ayant commis à son égard un crime de lèse-majesté. Gustave ne put qu'approuver cette machination qui le débarrassait d'une famille indigne. Quant à Sylviane, elle n'eut vent de cette affaire que longtemps après, mais soucieuse d'éviter toute rupture entre Patrick et sa famille, elle garda le silence, le cœur broyé par ces mesquineries dont elle ne soupçonnait ni l'existence ni l'ampleur chez des gens si haut placés dans l'échelle sociale. Annette et Gustave se réjouirent du silence de leur belle-fille qui semblait ainsi s'aplatir devant eux.

Ils exultaient à l'idée de lui avoir définitivement imposé mutisme et soumission.

Pour ne pas se laisser davantage ébranler, déstabiliser par sa belle-famille, Sylviane prit le parti de s'effacer quelque peu, préférant redoubler de sollicitude à l'égard de son mari. L'ardeur qu'elle consacra à sa double tâche, son métier et celui de son mari, la dota d'une véritable carapace d'indifférence.

Elle fut remarquée par son inspecteur qui lui attribua une excellente note professionnelle, et lui ouvrit l'accès à la direction, la rentrée suivante, de l'école de dix classes de son quartier.

Mécontente de la promotion de sa belle-fille, Annette donna sa démission de l'enseignement sous le fallacieux prétexte que son époux avait besoin d'elle au cabinet, et que ses filles, déjà mariées, la réclamaient fréquemment à Paris. A ce moment, Sylviane put prendre toute la mesure de l'aversion qu'on avait pour elle, mais resta néanmoins sans réagir. Les nouveaux produits agroalimentaires que fabriquait son mari, en petites quantités, étaient de plus en plus appréciés non seulement sur le marché local, mais à l'occasion des foires qui, sous l'égide de la Chambre de Commerce et d'Industrie, se tenaient tantôt à Nantes, Lille, Bordeaux, ou Paris ; ils faisaient l'objet d'articles élogieux dans la presse. Ces résultats ne provoquèrent aucune réaction de la part des Namer, qui trouvaient, au contraire, leur belle-fille trop « comparaison » [18], trop acharnée à aiguillonner l'ambition de leur fils dans la folle audace de dépasser les limites de l'île.

« Si cela continue, il va se casser la figure », prophétisait-on. « Mais qu'est-ce qu'elle se croit ? Elle a la folie des grandeurs », répétait fréquemment la belle-mère. « Elle fait tout cela pour mériter des compliments. »

Par un de ces accidents biologiques inexplicables chez les familles antillaises plutôt prolifiques, aucune naissance ne vint égayer le foyer de Patrick. Son père, si empressé à l'égard de ses sœurs, ne poussa pas non plus à la roue craignant d'avoir un rejeton qui, par sa pigmentation, ne lui apporterait aucune satisfaction. Un accident de cette nature suffisait largement, il ne convenait pas d'en provoquer un autre. De son côté, Annette n'était guère pressée que cette campagnarde lui offrît un petit-enfant, ayant mentalement éliminé tout concurrent dans l'affection du bon père Auguste, la voie devant être libre pour les seuls enfants de ses filles.

Le jeune couple combla très vite ce manque pour s'adonner presque exclusivement aux joies de la recherche et de la création agro-alimentaires. N'existe-t-il pas plusieurs formes de bonheur ? La création en est une ; elle transporte ceux qui s'y adonnent vers les félicités de la découverte. Quand la notoriété s'en mêle, elle engendre un univers qui détache des considérations terre à terre. Et c'est dans ce contexte là qu'Annette et son mari avaient — bien involontairement — propulsé leur fils.

CHAPITRE XX

La distance que les parents Namer avaient mise entre eux et ceux qu'ils appelaient les jeunes campagnards était inversement proportionnelle à celle qui les séparait des « Parisiens ». Tout se passait comme si, effrayés par quelque croquemitaine, ils s'en allaient trouver refuge dans des lieux plus sûrs pour leur confort psychologique. Un véritable pont aérien reliait la villa de Didier et l'avenue Victor-Hugo à Neuilly, car c'est dans cette agglomération cossue, aux portes de Paris, que le docteur et sa femme avaient choisi d'installer « les couples blancs », avec le secret espoir qu'ils trouveraient à exercer leurs fonctions à l'Hôpital Américain tout proche. Et puis cette banlieue associée au nom du docteur Lortier n'évoquait-elle pas des souvenirs plutôt agréables ?

Les deux couples ayant déjà de nombreux points communs, il parut en effet très pratique de les réunir dans le même immeuble afin d'éviter de nombreux déplacements à la mère qui veillait à tout.

En effet, libre maintenant de toutes contraintes professionnelles, Annette avait choisi de passer six mois à la Martinique et le reste de l'année en France. Le fait pour elle d'être constamment dans les airs la confortait dans ses idées de grandeur et accentuait dans son esprit l'insignifiance des autres. Détentrice des deniers gagnés par le labeur acharné de son mari, elle avait choisi, dans un immeuble de grand standing, les appartements dans lesquels ses filles — qu'elle voulait mettre à tout prix à l'abri du besoin — devaient couler des jours heureux. Situés sur le même palier, au deuxième étage, avec balcon muni d'une balustrade en fer forgé, ces appartements neufs avaient reçu la visite de décorateurs renommés pour leurs réalisations que l'on pouvait admirer dans les magazines spécialisés : simplement en les feuilletant on évoluait dans un monde de rêve. C'est pour cela qu'ils furent invités à donner libre cours à leur talent dans ces deux appartements. Filles et gendres se laissaient faire, se reposant sur maman Annette qui avait un goût sûr en la matière. Elle les consultait pour la forme, ne tenant que très peu compte de leurs avis. Au début, les gendres se taisaient, trop heureux de se laisser gaver par cette manne providentielle qui leur tombait du ciel. Ils demeuraient pantois devant une telle manifestation de l'amour maternel à laquelle ils n'étaient pas habitués. Les compliments qu'ils recevaient de leurs amis ne pouvaient que les inciter à profiter de ces libéralités.

En vérité, Annette avait la haute main sur tout : la composition des menus, des directives à donner aux femmes de ménage — dont elle payait les gages — ; les courses dans des boutiques « haut de gamme ». C'est tout juste si, la nuit, elle ne se présentait pas dans les chambres conjugales pour diriger, de sa baguette de chef d'orchestre, la partition de la symphonie charnelle.

Il lui arrivait même — chose qu'elle ne faisait pas chez elle — de revêtir son tablier de cuisinière ou de ménagère pour venir à bout des quelques travaux qui se présentaient le dimanche en l'absence des domestiques.

— Oh, comme ils sont délicieux les crabes farcis ! s'exclamait Jacques. Rien ne vaut les produits faits maison.

Dans la même tonalité, André reprenait :

— Maman Annette est une vraie fée ; quand elle est là, tout brille à la maison. Qu'elles sont délicieuses ces croquettes de fruit à pain. On dirait des flocons de pommes de terre...

Tous ces compliments transportaient Annette dans un monde délicieusement différent. Elle s'y adonnait au prix d'une attitude ancillaire dont elle semblait n'avoir pas pris conscience.

Pendant ce temps, son mari resté à la Martinique, se tuait à la tâche. Le visage émacié, les traits tirés, les cheveux blanchis lui donnaient une mine éteinte, tout à fait opposée à celle du bonhomme superbe et sûr de lui qu'il avait été jusqu'alors.

A l'origine de ce travail obstiné, il y avait une double cause : il voulait, d'une part, combler le vide causé par l'absence de sa femme qu'il savait partie pour la bonne cause ; et, d'autre part, avec cet acharnement au travail, il se proposait d'augmenter très substantiellement ses revenus afin de soutenir le train de vie qu'il s'était promis d'offrir à ses filles. Ce choix délibéré était aussi, sans aucun doute, porté par des pensées secrètes. En agissant de la sorte, Gustave voulait combler ses filles en les couvrant de gâteries que sa misérable enfance n'avait pu lui offrir. Peut-être cherchait-il à en imposer à ses gendres en les soumettant au pouvoir de l'argent, de son argent ?

Quoi qu'il en soit, le docteur Namer, bien que parvenu à un âge où l'on ralentit ses activités, avait décidé au contraire de les intensifier, devenu aveugle au point de ne pas se rendre compte qu'il refaisait, à son échelle, une histoire de l'esclavage plus terrible encore que la première. L'esclavage apparut le jour où, sous la contrainte, des Africains, ses ancêtres à lui, avaient été entassés dans la cale des bateaux négriers. Tandis que lui, disciple d'Esculape, universitaire de haut rang, s'était de plein gré et avec ses propres deniers composé un carcan de labeur pour assurer le bonheur et le bien-être de ces gendres blancs. Quelle ironie du sort !

L'année d'après, les deux ménages de Neuilly qui marchaient de pair sous la houlette de leur duègne et gouvernante mirent au monde, à quelques semaines d'intervalle, deux charmants poupons aux yeux bleus et cheveux blonds, en tout point semblables au « bébé Cadum » de la savonnette.

La joie du grand-père martiniquais atteignit un degré tel que la langue française manque de mots pour traduire son ivresse devant la naissance de deux rejetons mâles. Enfants bénis du destin, choyés des dieux ! Lui, Gustave, fils de Charlotte, la négresse, avait engendré « du blanc ». Il se trouvait du même coup à la tête d'une lignée dont il entendait bien préserver la couleur à travers les âges.

Ce double événement fut accompagné d'une débauche de dépenses destinées à la fois à rendre hommage à ce tour de force du destin et à tisser, dès les premiers temps, une exquise existence à cette blonde innocence.

CHAPITRE XXI

Une fois que maman Annette achevait son séjour parisien, généralement vers la deuxième quinzaine de juillet, elle troquait sa livrée de servilité volontaire contre l'autorité coupante d'une maîtresse de maison qui distribue aux domestiques consignes et directives avec l'intransigeante fermeté de l'aristocratie de vieille souche qui puise sa force de la solidité séculaire de sa généalogie. Elle scrutait tout ce qui lui tombait sous les yeux pour y déceler d'éventuels indices de laxisme : « Ce placard mérite d'être nettoyé », lançait-elle d'un ton sec. « Et ce tiroir, pourquoi y a-t-on accumulé tant de débris ? » « Que de vert-de-gris sur la margelle de la piscine ! » s'étonnait-elle, courroucée à l'adresse du jardinier.

Cette inspection générale avait pour but une reprise en main de la bonne marche de sa maison, et toute la domesticité, de la cuisinière à la lavandière, en passant par le jardinier, avait droit à sa quote-part de réprimandes ; il fallait laisser passer l'orage.

Prévenu avec un certain retard du retour de sa mère, Patrick lui téléphonait avant de lui annoncer sa visite.

— Et alors comment ça va ? lui demandait-elle avec une économie de mots, comme pour en savoir le moins possible et l'éloigner par la même occasion.

— Très bien, répondait-il.

— Eh bien, j'en suis fort contente, lâchait-elle laconiquement.

Patrick, toujours candide, poursuivait :

— Il faudra que tu viennes nous voir un de ces jours.

— On verra, on viendra si on en a le temps. Tu sais que ton père ne s'appartient pas, répondait-elle, trop heureuse de s'abriter derrière cette parade.

En fait, Patrick insistait beaucoup pour que ses parents se rendissent à l'évidence. Il s'évertuait à vouloir les débarrasser de leurs a priori pour que sa petite exploitation leur apparût sous son vrai jour, avec ses réelles possibilités d'extension. Il voulait surtout leur apporter la preuve qu'il n'était pas ce « fruit sec » ainsi qu'ils n'avaient cessé de le qualifier. Il en souffrait terriblement.

Par contre, tout le monde, dans la petite île, s'extasiait devant les innovations agro-alimentaires du jeune couple. Quand cela se produisait en leur présence, la famille Gustave Namer, à la manière de rabat-joie, flétrissait les propos de ces admirateurs béats en rétorquant aux uns, sur le ton de la dérision :

— Cela ne durera pas. La femme de notre fils n'a pas ce qu'il faut pour asseoir ce timide succès et aller beaucoup plus loin. Quand on n'est pas sorti de ses mornes, quand on a toujours côtoyé cochons, poules et cabrits, on n'a pas ce qu'il faut pour avoir une présentation élégante, et l'on n'a pas davantage les bonnes manières qui conviennent pour aborder les milieux de la finance, de la banque et du négoce. Donc cette affaire — qui a peut-être un bon départ — est condamnée à végéter. C'est bien dommage, concluait Annette avec une tristesse affectée.

Puis à d'autres, ils avouaient malgré eux :

— Notre alchimiste des montagnes réalise en vérité d'éblouissantes choses.

Les Namer, par cette invariable réplique, tenaient à faire savoir qu'ils voyaient grand pour leur fils, laissant paraître leur regret pour le handicap qu'il s'était donné : son épouse.

Ils avaient l'impression d'avoir enfin découvert les points faibles de cette dernière, qui allait devenir leur souffre-douleur. Tout devrait être fait pour la tenir à distance, en lui donnant l'illusion d'une chaleureuse affection. C'est à partir de ce moment que s'instaura tout un jeu de grimaces qui, faits avec une extrême subtilité, ressemblaient à s'y méprendre, à une affection profonde.

Les rares fois où les Namer se rendaient à l'invitation de Patrick, accompagnés du grand-père Auguste et des tantes Nadiège, Florence, et Damienne, ils appréciaient l'accueil qu'ils y recevaient, constataient que leur belle-fille faisait des efforts pour leur être agréable. Mais ils s'ingéniaient à l'exclure de la conversation en abordant un sujet médical, histoire de montrer que ce sujet n'était pas à la portée de tout le monde. Ou bien alors, la politique servait de prétexte à des échanges sans saveur qui s'enlisaient dans des méandres sans fin. On la « néantisait » donc en la réduisant au silence. Pas un mot cependant de l'exploitation, car ils craignaient qu'elle ne se mît trop en valeur en commentant les récentes trouvailles de son mari. Décelant le petit manège, Sylviane s'enfonçait dans un silence total. Alors, aussitôt, les manœuvres de rapprochement se mettaient en branle.

« Que penses-tu de ci ou de ça, de ce fait divers, Sylviane ? », demandait le beau-père qui s'était coulé dans le rôle de l'éminent diplomate capable de tout arranger. En effet, ce n'est jamais la belle-mère qui prenait les devants ; elle dépêchait toujours un émissaire à sa place.

Alors Sylviane, un léger sourire aux lèvres, jouait l'ignorante à dessein, pour embarrasser son interlocuteur, couper ses effets et lui faucher sa moisson d'idées usées sur des sujets que généralement tout le monde connaissait déjà.

Voulant masquer la défaite de son mari et se donner une contenance, Annette se répandait en compliments sur un sujet insignifiant :

— Dieu qu'elle est belle cette feuille de choux rose, lançait-elle subitement, en regardant au travers de la fenêtre, une plante qui balançait sa large palme tachetée de toutes les teintes de rose.

Dans ces moments, Sylviane exultait intérieurement en constatant la gêne qu'elle causait à ses beaux-parents.

D'autres fois, pour tenter de jouer la carte de la simplicité, voire de la pauvreté, la femme du médecin se plaignait :

— Ah ! si l'on savait ! Un médecin ne gagne presque rien du tout : la Sécurité Sociale et le fisc raflent tout au passage.

Cette allégation était, pensait-elle, le meilleur moyen de mettre belle-fille et beaux-parents au même niveau, et elle poursuivait en faisant étalage de leurs déboires avec leur bateau : il manque des pièces, le réparateur est tombé malade, la rouille attaque la coque... Elle pensait, par cette avalanche de malheurs, s'attirer la compassion de sa belle-fille à qui elle offrait « une chance » d'être mieux lotie qu'eux. Il leur fallait en effet éviter de pavoiser.

Sylviane faisait mine de tomber dans le piège avec un ton réprobateur et appuyé :

— Patrick et moi n'avons pas besoin de bateau pour être heureux. Quel intérêt y a-t-il à s'imposer tant de déboires pour un engin dont on ne profite qu'une fois par semaine, et encore !

Aussitôt la mine de maman Annette, qui, paradoxalement, avait cherché cette réponse se raidissait. Une réponse aussi impertinente ne pouvait que lui déplaire. Mais son mari s'empressait de sourire en constatant qu'il avait manipulé Sylviane au point de la conduire à marquer un but dans ce match de grimaces. Car dans cette partie de cache-cache, chacun avait tacitement accepté de jouer le jeu ; toutefois, les beaux-parents de Sylviane ne s'étant pas aperçus tout de suite qu'elle savait en manier les clés, les rares fois où ils se voyaient, ce jeu de grimaces allait bon train. Sylviane alla jusqu'à gouailler sa belle-mère en imitant ses manières de grande dame, ce qui fut interprété par celle-ci comme une manifestation d'admiration et de convoitise.

Un peu offensée, maman Annette prit congé ce jour-là — jour anniversaire de son fils —, non sans avoir épongé sa joue sur laquelle sa belle-fille venait de lui poser un baiser très bref pour lui dire au revoir. Elle prétexta un excès de sudation pour faire usage de son mouchoir.

C'était là un nouvel affront à l'encontre de Sylviane. Tout le monde s'en était aperçu. Mais dès le lendemain, les manœuvres de rapprochement commençaient. Le père Paul-Henri fut envoyé en première ligne la bouche pleine d'éloges pour la réception de la veille. Annette se servait ainsi de son père comme d'un rempart pour aménager un espace à l'intérieur duquel elle plaçait Sylviane sous le feu de ses attitudes et réflexions désobligeantes.

Le père Paul-Henri étant l'incarnation du dévouement et de la magnanimité, personne n'aurait osé s'attaquer à lui.

La mission lénifiante du vieillard achevée, elle fut relayée, les jours suivants, par une invitation formulée à Patrick en ces termes :

— L'anniversaire de ton père c'est le 3 mars prochain ; alors si vous voulez venir, vous nous trouverez à la maison.

Et quand on faisait l'effort de subir la présence de Sylviane, on se dépêchait de la cantonner dans des tâches subalternes : dresser la table, ranger les fleurs, mettre en place des arbustes. On la savait femme à ne pas se lever de table sans prendre part au rangement.

La méchanceté allait jusqu'à faire semblant de ne pas la reconnaître quand on la rencontrait dans un cercle plus élargi de parents. Il était, en effet, maintes fois arrivé à son beau-père de ne pas la saluer quand il la trouvait assise au milieu d'un groupe dont les autres membres recevaient des salutations chaleureuses et empressées. Annette, un peu gênée, se dépêcha un jour de rejoindre sa belle fille pour lui glisser au creux de l'oreille :

— Excuse ton beau-père, il est par moments très distrait.

Mais ces « absences » se renouvelaient fréquemment. Tout cela faisait partie de ces inventions perfides destinées à faire accepter par Sylviane toutes les avanies qu'on lui faisait subir : à ces maladresses volontaires, on tentait de donner des apparences anodines et non calculées.

Quand elle estimait être allée trop loin et qu'elle pressentait quelque réaction hostile de la part de sa belle-fille, Annette, avec la complicité de ses sœurs et de son père, déployait des manœuvres de rapprochement qui variaient au gré des circonstances : tantôt elle l'invitait à contre-temps, tantôt elle incitait les autres membres de la famille à faire des remarques ayant pour objet ou bien de minimiser la portée des incidents, ou bien de porter Sylviane au pinacle. Bref, on soufflait sur elle le chaud et le froid.

En réalité, tout cet édifice de simagrées avait été construit sur la peur. Annette craignait la jeune campagnarde dont elle redoutait la capacité à déceler sa vraie nature, son manque d'authenticité. De plus, elle enviait les qualités de gestionnaire dont avait su faire preuve cette petite « gros-mornaise », et tentait de la dominer en se composant un masque de régente altière. C'est l'une des raisons pour laquelle elle se sentait si à l'aise avec ses gendres qui ignoraient tout des us et coutumes de la Martinique.

Sylviane, pour sa part, ne se sentait aucune disposition pour ce jeu de grimaces.

Elle n'entendait nullement devenir la proie de ces pratiques hypocrites. Loin d'elle l'envie de se livrer, telle une masse de terre glaise, aux mains de ce potier qui altéraient les traits de son visage et lui imprimeraient sur le corps les flétrissures de l'insignifiance, de la flagornerie et de la soumission acceptée. Il lui répugnait de voir des qualités et des sentiments humains se consumer sous l'effet d'un égoïsme destructeur.

CHAPITRE XXII

A quelques temps de là, un événement inattendu bouscula la vie paisible du veuf M. Paul-Henri qui, de plus en plus, tenait à prendre ses distances avec le monde pour se réfugier dans la solitude propice à l'évocation du souvenir de sa défunte épouse. Il reçut en effet une demande en mariage pour sa dernière fille, Florence, qui avait fait la connaissance d'un Roumain à l'occasion d'un stage en France.

Ne se sentant pas capable de prendre en mains le déroulement des festivités, il se tourna tout naturellement vers sa fille aînée, Annette, passée maître dans l'art d'organiser, régenter, réglementer. Elle réussissait si bien dans ce domaine et son autoritarisme affirmé avait déjà fait courber tant de volontés, que pour la taquiner sa jeune sœur l'avait surnommée « La princesse régente ».

Le rapprochement de ces deux cœurs, l'un des Antilles, l'autre d'Europe centrale, contribua au rapprochement des deux familles, plus facilement que lorsqu'il s'était agi de la famille des Augustin... En effet, Annette avait fait admettre à son père l'idée d'héberger sous son toit le fiancé, son père et sa mère, avec l'arrière-pensée de leur montrer que des mulâtres valaient, sur ce chapitre, tout autant que les ressortissants de n'importe quel pays d'Europe. En somme, la « princesse régente » avait saisi cette occasion pour faire étalage de ses toilettes, bijoux, parfums et autres atours. Son mari, de son côté, tenait à ce qu'elle fût la vitrine familiale exhibant bien-être et richesse.

Le septuagénaire qui vivait replié dans ses souvenirs avec sa sœur Damienne, céda à l'insistante intervention de sa fille quand elle fit prévaloir que civilité et hospitalité étaient autant de qualités naturelles aux Martiniquais à déployer à l'adresse de ces Européens. Enfin, pourrait-on faire autrement que de se plier à l'autoritarisme de la régente qui n'admettait pas qu'on lui opposât une quelconque résistance.

C'est donc sous sa houlette de maître d'école que toute l'organisation allait se mettre en place. Il n'était pas question d'installer à l'hôtel ces étrangers qui avaient enjambé l'océan pour la première fois. Annette, ayant décidé que ces inconnus pouvaient partager l'intimité de son père — sans trop le perturber car le nombre de chambres à coucher était limité —, ne trouva rien de mieux que prévoir pour le sommeil nocturne de sa tante, un matelas recouvrant le froid carrelage ! La pauvre septuagénaire n'eut d'autre choix que de céder sa chambre garnie d'un mobilier encore empreint d'un charme de début du siècle, à ces inconnus.

Heureusement, l'humidité du climat de Redoute ne fut pas néfaste à la santé et à la fragile ossature de la tante Damienne qui, très courageusement après la messe matinale qu'annonçait le carillon de l'église toute proche, se rendait à la maison pour superviser scrupuleusement les instructions de sa nièce. Veillant à tout, celle-ci eut à cœur de faire en sorte que ce séjour fût un succès pour la belle-famille de Florence. Chaque conversation tournait autour des traditions, des coutumes, des mets servis dans la famille et dans les restaurants lors des promenades sur les plages ou à la campagne organisées pour ces hôtes. Très curieusement, les produits fabriqués par « l'alchimiste des montagnes » ne figuraient jamais au menu familial.

Les préparatifs de la noce allaient bon train. Pour cela, on sut mettre Sylviane à contribution. Elle répondit à l'appel, non pas à contre-cœur mais avec une bonne humeur qu'elle affichait volontiers, trop heureuse de se confronter à ce personnage ambigu qu'était sa belle-mère. Elle se réjouissait à l'idée d'être dans les conditions idéales pour analyser les moindres replis de ce caractère tortueux, comme si elle s'apprêtait à pénétrer dans un laboratoire.

Les vacances de Noël lui apportant quelques jours de liberté, elle les mit à profit pour s'acquitter de la part de préparatifs qu'on lui avait confiés.

— Je te remercie pour ton aide, lui dit sa belle-mère avec un sourire contraint. Nous pensons te voir demain à la cérémonie... Si tu veux tu peux venir...

Avec cette formule d'une grande incorrection, Annette cherchait à froisser l'amour-propre de Sylviane afin de la tenir à l'écart des festivités.

Sylviane hésita un instant avant de se décider à prendre part à la fête : ne pas s'y rendre offrirait une trop grande joie à la belle-mère. Elle résolut finalement d'y aller en cachant soigneusement l'incident à son mari. Le lendemain après-midi, dernier samedi de décembre, la petite église de Notre-Dame-du-Rosaire à Redoute, accueillit à grand renfort de carillons un grand nombre d'invités au nombre desquels figuraient Patrick et sa femme. La prédication de l'officiant ébranla les cœurs. L'*Ave Maria* de Schubert, interprétée à la perfection par une amie de Sylviane, fut écoutée dans un grand recueillement. En partie grâce à cette mélodie, la cérémonie avait revêtu un cachet de grande classe qui ne déplaisait pas à la famille Namer.

A la fin de l'office, le cortège marqua un temps d'arrêt sur le parvis de l'église où l'attendait une armée de photographes. Soudain, Sylviane sentit une main la tirer en arrière. C'était l'inévitable maman Annette qui, ne voulant pas qu'elle figurât sur la pellicule, prétexta une vague raison de lui chuchoter quelques mots au creux de l'oreille, avec tous les accents d'une voix suave. Mais Sylviane n'en fut pas dupe d'autant que le même scénario se reproduisit, une fois le cortège parvenu à la maison. La coupe était pleine. Annette eut conscience d'avoir dépassé les limites tacitement reconnues entre elles.

Aussi, quelques jours plus tard, fut lancée une offensive de charme pour minimiser, voire effacer la portée de ce petit incident. Tout en gardant le silence, Sylviane était bien décidée à ne pas se laisser broyer, étouffer par ce monstre d'hypocrisie. Elle s'attendait et se préparait à un affrontement direct un jour ou l'autre.

CHAPITRE XXIII

Quand il a fallu, des années durant, être soumis aux pires tortures psychologiques, avaler des couleuvres, il faut nourrir un solide optimisme pour se refaire une santé mentale et évacuer les toxines ingurgitées par l'absorption du cocktail amer des réflexions blessantes, des regards méprisants, des sourires de commisération, des silences d'infériorisation, des évictions, et des désinvoltures de toutes sortes. Une âme sensible a vite fait de succomber à toutes ces aggressions.

Sylviane, forte de sa décision de faire la sourde oreille et de ne rien révéler à son mari, avait cru pouvoir s'abriter longtemps derrière une carapace d'indifférence blasée. C'était compter sans l'opiniâtreté de sa belle-mère qui, pour la pousser à bout, allait déployer crescendo tout un arsenal de manœuvres de dévalorisation. Sylviane n'arrivait pas à comprendre les raisons de cette insidieuse et subtile persécution, qui avait en outre toutes les apparences de la gratuité ; aucune raison objective ne semblait les justifier.

A bout de patience, elle prit la ferme détermination d'en finir avec cette partie de cache-cache qui la taraudait intérieurement, et adressa à sa belle-mère une lettre en ces termes :

... « Etant campagnarde, fille d'une marchande de légumes et d'un petit salarié municipal coureur de jupons et friand de bals populaires, je m'en voudrais de frapper d'indignité votre noble famille ; aussi ai-je décidé de m'en écarter... »

L'audace et le ton de cette lettre eurent l'effet d'un puissant décapant sur le visage d'Annette qui se contraignit aussitôt à porter un masque d'aménité car toute réaction brutale de sa part confirmerait la thèse de la suffisance de sa nature hautaine et donnerait raison à sa belle-fille. Elle devait éviter cela à tout prix. La lettre fit le tour de la famille Namer et consorts. On la commenta abondamment.

Il fallait donc trouver une riposte. Le seul moyen pour belle-maman de refaire surface était d'endormir la méfiance de la petite campagnarde, de l'amener à se vivre comme victime d'une hallucination, puis à l'engager sur la voie du repentir, du regret et des excuses... Tout devait être mis en œuvre pour qu'elle n'eût pas raison, pour lui enlever le plaisir et la satisfaction de la lucidité.

Annette, tel un prestidigitateur, sortit du chapeau de son imagination un scénario qui aurait pour effet d'anéantir un des griefs majeurs contenus dans la lettre : « Ne suis-je pas la fille d'un coureur de jupons ? » Le rôle principal en fut confié à son père qu'elle jeta dans les bras d'une jeune femme, Nella Abrani, de trente ans sa cadette.

Ce couple mal assorti reçut comme consigne de se promener en voiture décapotable au vu et au su de tout le monde, de s'afficher dans les dancings, pendant le carnaval, et même de rendre visite à l'improviste aux habitants de l'exploitation du Glottin au cours de ses sorties amoureuses, cette présence féminine ayant pour objet de « fermer le bec » à Sylviane qui ne pouvait que constater la longévité « donjuanesque » du grand-père, trait commun à bon nombre de Martiniquais respectables.

A ce spectacle, la rumeur publique chuchotait : « Ah, le père Paul-Henri va refaire sa vie. Il a raison de sortir de son chagrin. Mais sa compagne est un peu jeune... » Mais la scène tourna court, car trop âgé pour soutenir un rythme sexuel d'une extravagante intensité, le ridicule de la situation s'y ajoutant, le septuagénaire tomba malade, en proie à d'incoercibles tremblements nerveux. Un amaigrissement irréversible engendré par une anorexie préoccupante, eut raison de ce corps naguère robuste. Son état suscita une vive inquiétude, mais dans sa famille, on se garda bien de l'ébruiter. Il y eut néanmoins quelques fuites imputables à l'indiscrétion « involontaire » de la femme de ménage qui ne comprit pas pourquoi on lui avait demandé de tenir sa langue. Elina, c'était son prénom, s'étonnait que l'on n'ait pas prévenu tous les membres de la famille comme cela se fait toujours en pareil cas. De leur côté, Patrick et Sylviane avaient bien remarqué que le téléphone avait cessé de sonner chez eux, mais n'avaient attribué à ce silence aucune signification particulière, accoutumés qu'ils étaient aux oublis volontaires.

Ils n'en surent la raison que bien plus tard. Là encore, Elina, sous le sceau du secret, leur livra la clé du mystère. Ils découvrirent avec stupeur à quel point le burlesque avait frôlé la tragédie.

Aux yeux de Sylviane, le plan machiavélique que « belle-maman » prétendait avoir si habilement échafaudé, s'était affaissé comme un vulgaire château de cartes.

Sur le moment, Annette ne se rendit pas compte à quel point, aux yeux de sa belle-fille, ces circonstances révélèrent sa nature profonde dans toute sa nudité : un monument de faussetés, une manipulatrice de l'ombre, se servant des uns pour rabaisser les autres. Elle avait fait de l'inauthenticité un art périlleux qui se retourna contre elle.

CHAPITRE XXIV

Pendant les vacances, les arrivages de Boeings se succèdent à un rythme accéléré, déversant sur la piste d'atterrissage de l'aéroport du Lamentin leurs flots de parisiens et de provinciaux d'adoption, heureux de retrouver leur sol natal. L'exotisme attire pareillement amis et conjoints à la recherche de ce soleil ardent capable de recharger leurs batteries en calories et rayons ultraviolets.

Parmi ces voyageurs, deux touristes en herbe, Didier Chambert et Stéphane Povrin, foulèrent le sol de leurs ancêtres maternels escortés de leurs pères et mères, ces dernières descendant en droite ligne de la famille Gustave Namer. Pour fêter leur arrivée, un méchoui fut organisé sur une plage discrète des Anses d'Arlet.

Ces deux petits blondinets aux yeux d'un bleu de saphir, âgés de trois ans chacun, allaient devenir le centre du monde et l'orgueil de la famille. C'était pour les faire admirer à la manière de pierres précieuses dans un écrin, qu'un gigantesque méchoui fut organisé. La fierté qu'éprouvait le grand-père à étaler la blancheur immaculée de ses rejetons, était inexprimable. Il les promenait assis à tour de rôle sur son épaule pour les brandir comme des trophées. Une sorte de satisfaction intérieure qui illumine et embellit tout à la ronde irradiait des grands-parents. Les invités, eux, enivrés de petits punchs, gavés de boudin épicé et de féroce pimenté, s'étaient mis au diapason de cette joie familiale qui avait reçu la complicité d'un temps radieux.

Les deux familles « neuillissoises », quelque peu effarouchées par ce tohu-bohu, ne semblaient guère apprécier ce type de réception organisée pourtant en leur honneur. Les gendres surtout se tenaient légèrement en retrait, comme éberlués par les extravagances de cette joviale assistance.

Cette réserve avait une raison profonde. Ces deux jeunes métropolitains ne comprenaient pas que dans un pays de 32 000 chômeurs, pour une population à peine dix fois supérieure, on pût se livrer à une telle explosion de joie, à une telle débauche d'abondance. Ils regardaient cette insolente et insouciante gaieté avec une certaine désapprobation.

Pourquoi étaient-ils, à cet instant précis, habités par de telles pensées. C'est qu'à la vérité, ils étaient eux aussi chômeurs, chômeurs de luxe mais chômeurs quand même, faisant par-ci, par-là de petits remplacements sans lendemain et qui ne laissaient rien augurer de valable et de stable pour leurs ardeurs masculines qui ne demandaient qu'à s'investir dans leur noble profession.

Et rien ne se présentait à l'horizon.

Ils firent part de leur désarroi au docteur Namer. Ce dernier, après avoir examiné toutes les hypothèses et envisagé toutes les issues possibles, se souvint que son fils Patrick avait eu, comme condisciple, un brillant garçon qui évoluait maintenant dans les hautes sphères ministérielles. Peut-être qu'en exploitant ce filon, la chance sourirait à ses gendres. Encore fallait-il renouer avec son fils.

Patrick, quant à lui, malgré l'insistance de sa femme, déçu par l'attitude de ses parents, désabusé, s'était abstenu de prendre part au méchoui. Pour Gustave Namer, comment rétablir le contact, surmonter la rupture, reprendre les choses en main. En pesant le pour et le contre, et accordant la priorité exclusive à l'intérêt immédiat, les parents Namer n'entrevirent qu'une seule solution : « aller à Canossa » avec un luxe de précautions et un déploiement de séduction.

A la manière d'un général donnant des instructions à son armée, « la princesse régente » tint à prévenir la petite brigade féminine de Neuilly en ces termes :

— Faites bien attention à chacun des mots que vous prononcerez chez votre frère. Il a eu la malchance de tomber sur une femme « susceptible » au possible. Que voulez-vous, c'est l'apanage de ces campagnards frustes n'ayant jamais quitté leur petit trou. Elle veut se croire importante alors qu'elle n'a pas fait d'études et qu'elle manque de tact. Elle a un de ces ascendants sur votre frère qui ne jure et ne voit que par elle. N'hésitez surtout pas à lui faire des compliments car elle en est avide. Vous savez, quand on est issu de ces milieux modestes, on n'aspire qu'à se mettre en vedette et à occuper le devant de la scène. Alors aspergez-la d'une bonne dose de compliments et vous verrez que vous pourrez plus facilement côtoyer Patrick qui pourra atteindre son ami.

Cette mise en garde aux allures d'un sermon faite, les deux familles de Neuilly ne purent que s'incliner. Elles avaient sagement enregistré les ordres à l'instar d'une troupe de soldats respectueuse à l'égard de son chef et désireuse d'attirer l'ennemi dans une embuscade.

Le samedi d'après, la sonnerie du téléphone retentit chez Patrick, c'était la première phase de ce programme de séduction.

— Allo, allo ! Bonjour, ma chère Sylviane. Ici Chantal. Comme nous brûlons d'envie de te voir ! Comment va Patrick ?

— Il se porte bien, merci.

— Vous n'êtes pas malade, j'espère ? Comme j'ai été triste de ne vous avoir pas vu aux Anses d'Arlets. Je n'ai pas cessé de penser à vous !

— Patrick devait s'y rendre, mais il a changé d'avis à la dernière minute.

— Ah ! Comme c'est dommage ! Non, je ne peux rester si longtemps sans vous voir. Nous viendrons tous vous embrasser dimanche vers 11 heures, le temps d'achever la toilette des enfants.

— D'accord, nous vous attendons, répondit Sylviane qui, toujours méfiante et sur ses gardes, devinait à cette tonalité mielleuse que quelque chose se tramait.

Etant donnée l'heure annoncée pour la visite, Sylviane comprit qu'il fallait retenir tout ce monde à déjeuner, ce que les « invités » découvrirent le lendemain en arrivant.

Le repas, préparé en un tour de main par Sylviane, fut précédé d'une longue promenade dans les allées du jardin ; Patrick répondait à la curiosité de ses beaux-frères par les noms scientifiques et vernaculaires des différents fruits et plants qui accrochaient leur attention au passage. Lorsqu'ils pénétrèrent dans le hangar, la suave odeur de fruits macérant dans le rhum ou cuisant à feu très doux leur procura une ivresse des sens éveillant en eux des souvenirs d'enfance. Jacques parla des chais de son grand-père en Alsace, André des innombrables pots de fruits confits et autres gelées de groseille que confectionnait sa grand-mère pour l'hiver. La vue des rangées d'éprouvettes et des alambics leur confirma que Patrick se livrait à des recherches en chimie alimentaire. La modicité de cette installation les frappa également.

La bouffée d'oxygène qui avait pénétré les poumons puis grisé toutes ces têtes blondes, excitait maintenant les appétits. Le petit punch servi sous la véranda tint lieu de prélude à un repas dominical, couleur locale, où le gratin de christophine et le poulet au coco s'étaient attribués une place royale. Les enfants et leurs parents se régalèrent.

A table, la conversation eut comme centre de gravité les problèmes de l'exploitation, le résultat des recherches, le cours et l'écoulement des produits, autant de questions qui plongeaient Chantal et Geneviève dans un univers inconnu d'elles jusque-là.

Puis soudain, Chantal, usant de son droit d'aînesse interrompit :

— Mais comment vont Julien Gauthier, Martin Durand, Yves Alexis, tous ces copains avec qui, je m'en souviens, tu faisais de belles parties de tennis de table le mercredi après-midi ?

Ces trois noms avaient été ceux de gamins qui habitaient les Terres Sainville, tous trois fils de commerçants et de cabaretiers du quartier, et amis d'enfance de Patrick.

— Oh, tu sais, la vie nous a séparés, répondit Patrick. Je ne les vois que les rares fois où je vais en ville. Mais je sais qu'ils se portent bien. Il n'y a qu'Yves Alexis qui tarde à se marier.

— Et que devient Robert Ferdinand ? poursuivit-elle.

— Ah, quant à celui-là, je ne le vois pas du tout. J'ai appris par la presse qu'il a un haut poste au ministère de la Santé. Mais c'est tout ce que je sais de lui.

— Et s'il t'arrivait d'avoir besoin de lui pour qu'il t'aide par exemple à faire évoluer ton entreprise, est-ce que tu pourrais t'adresser à lui ?

— Certainement, je crois qu'il est resté très simple, et puis notre amitié date de notre plus tendre enfance, dès la classe du cours préparatoire. Mais le ministère de la Santé ne me serait pas d'un bien grand secours, ce serait plutôt celui de l'industrie ou de l'agriculture.

— Cela n'a pas d'importance, tu peux toujours tenter de lui formuler une demande, qui ne risque rien n'a rien.

— Ah mais au fait, tu as peut-être raison. Je vais y réfléchir.

A la réponse de leur frère, Chantal et Geneviève pensèrent toutes deux que la question avait été bien amenée et le terrain bien préparé. Il leur suffisait de remettre à quelques jours la deuxième étape de leur démarche de charme.

Ce qui fut fait.

Patrick fut étonné de se retrouver chez ses parents dès le surlendemain, à une heure qu'il consacrait habituellement à ses livraisons dans les épiceries. Il ne comprit pas la signification de cette urgence, l'attribuant au plaisir qu'avaient ses sœurs à le voir, ce qui semblait bien naturel au fond, après tant d'années de séparation.

— Ah ! Voici mon petit frère ! s'exclama Geneviève qui, du plus loin qu'elle l'aperçut du jardin, accourut pour lui ouvrir la barrière.

— Tu t'es fait désirer, continua Chantal, toute occupée à la toilette de son fils. Installe-toi, nous déjeunerons ensemble.

— Merci, merci, c'est très gentil mais je crains de n'avoir pas beaucoup de temps à vous consacrer en ce début de matinée. J'ai dû laisser Sylviane à la maison pendant que je fais de mon côté la tournée des points de vente.

— Mais tu auras bien le temps de mourir un jour. Tiens donc, assieds-toi parmi nous, cela fait si longtemps que nous n'avons pas été réunis tous ensemble, dit Annette d'une voix empruntant les accents d'une mère qui a le culte de la famille.

A l'entendre, on jurerait qu'elle parlait en apôtre de l'union sacrée de la famille. Sous l'effet de cette triple insistance, Patrick se laissa faire.

Sa mère tint à ce qu'il fût servi dans les formes voulues, d'un copieux petit déjeuner. La conversation erra d'un sujet à l'autre, s'arrêtant tantôt sur l'espièglerie des petits, le climat de Paris, la hauteur du gazon, autant de banalités qui sont de mise à la reprise des contacts. Annette enchaîna sur des éloges à l'adresse de sa belle-fille ; Patrick les avala en même temps que les tartines garnies de confiture, et promit de le faire savoir à l'intéressée dès qu'il regagnerait les hauteurs du Glottin. Au moment du départ, Annette lança à son fils d'un air faussement détaché :

— N'oublie pas que tu as promis à tes sœurs d'écrire à Robert Ferdinand.

— D'accord, je n'oublierai pas.

— Reviens donc demain, nous sommes si heureux quand tu es avec nous ; nous en reparlerons.

— Puisque tu insistes, je m'arrangerai pour me libérer dans l'après-midi.

Quand la barrière se referma, le moteur de l'estafette s'ébranla en direction de la ville. Devant tant d'insistance, il n'était pas question que la rédaction de la lettre souffrît plus de vingt-quatre heures d'attente.

Lorsque Patrick se présenta le lendemain chez ses parents — il était devenu depuis peu un habitué des lieux — la lettre était déjà rédigée et blottie à l'intérieur de l'enveloppe. L'histoire ne dit pas quelle suite le destinataire lui a réservée ; on ne sait pas non plus si ces retrouvailles épistolaires avaient pu rapprocher deux destins qui, bien qu'ayant cheminé côte à côte pendant la petite enfance, s'étaient perdus dans l'océan de la vie.

Quoi qu'il en soit, les beaux-frères de Patrick tinrent à le remercier de son accueil d'une part, de son intervention ensuite, et lui dirent tout le plaisir qu'ils avaient emporté de la visite de son exploitation. Leur curiosité avait été aiguisée, et ils voulaient en savoir davantage sur cette petite unité de production qui leur révélait une des faces cachées de cette île qu'ils découvraient pour la première fois. Quant aux deux sœurs, une fois la lettre affranchie, leurs visites spontanées à leur « paysan » de frère cessèrent presque aussitôt.

CHAPITRE XXV

Mais l'unique visite que Jacques et André avaient faite à l'exploitation du Glottin ne leur suffit pas. Ils entendaient bien parachever la découverte de l'île aux fleurs par un examen approfondi du petit laboratoire de Patrick, dans lequel ils avaient déjà humé d'insolites mais exaltants parfums végétaux.

Laissant poupons et mamans à leurs câlineries habituelles, ils se proposèrent d'y aller tout seuls pour engager avec Patrick une conversation sérieuse à propos de sa petite unité de production. Ils ne voulaient pas s'exposer aux interruptions provoquées par les pleurs des petits, l'évocation des souvenirs des mamans, ce qui aurait frustré leur curiosité ; ils entendaient avoir l'exclusivité de la présence de Patrick. L'intérêt, la curiosité, le goût de la découverte, tout contribuait à faire de ces jeunes médecins fraîchement débarqués, des auditeurs très attentifs.

Obtenir en juillet une voiture de location à la Martinique, n'est pas chose facile. Leur choix se porta sur cette formule, la seule qui leur offrirait une certaine liberté de manœuvre ; et une défection de dernière minute vint combler leur ardent désir de mobilité. Ils trouvèrent facilement leur route qui, bien que restaurée, réservait par endroits, avec ses nids de poule, quelques pièges aux pneus et aux pots d'échappement. Qu'à cela ne tienne, ils n'avaient en vue qu'un seul objectif : destination les « Charmettes », nom et raison sociale donnés depuis peu à la petite industrie du Glottin. Ils y trouvèrent, en cette fin d'après-midi, une épouse occupée à émonder quelques arbres, aidée dans cette tâche par un tout jeune grimpeur âgé de douze ans à peine ; et un époux achevant de ranger les dernières boîtes de confiture dans un carton destiné aux livraisons du lendemain.

Comme lors de leur première visite, nos deux touristes furent gratifiés d'un accueil simple et franc, selon la coutume des gens de la campagne qui ressentent la fierté d'être reconnus à travers leur labeur.

— Oh ! Vous voilà ! Quel plaisir vous nous faites ! Où sont donc mes sœurs ? interrogea Patrick qui au bruit de la voiture avait sorti la tête par la fenêtre.

— Elles ont fort à faire avec les gamins, répondit André. Il vaut mieux qu'elles tiennent compagnie à ces petits turbulents. Nous les emmènerons une autre fois. Nous sommes venus revoir toutes ces belles choses que nous avions survolées l'autre jour.

Entre-temps, Sylviane les avait rejoints. Tous les quatre, ils s'engouffrèrent dans le hangar en feuilles de tôle qui tenait lieu à la fois, de salle de conditionnement, de coin de cuisson et d'entrepôt. Un mélange d'odeurs diverses qui rappelaient toutes ces opérations, taquinait les papilles gustatives quand on se rapprochait des foyers de cuisson, ou excitait les cellules olfactives quand on se dirigeait vers le laboratoire, à mesure que Patrick soulevait, un à un, les couvercles des bocaux contenant macérations, décoctions et fermentations. Il se montra prodigue en explications, plus détaillées que celles qu'il avait fournies hâtivement la première fois. Une séance de dégustation vint illustrer toutes ces explications, et les beaux-frères de Patrick, se livrant avec enthousiasme aux devinettes gustatives, cherchaient à identifier la composition des confiseries, glaces et poudres, après qu'ils les eussent longuement « touchées » du regard, puis ils en analysaient posément la saveur. Exercice difficile s'il en fut car si le citron, l'orange et la banane se laissaient reconnaître, par contre la papaye, le giromon et la christophine délivraient moins facilement leurs secrets ; il fallait avoir recours aux révélations du fabriquant pour les identifier.

Les devinettes gastronomiques auxquelles se livrèrent les visiteurs eurent pour résultat de les transporter dans un univers d'exotisme auquel ils n'avaient jamais songé : les glaces à la mangue, les farines de bananes en passant par les sirops d'ananas et crèmes de fruit-à-pain, les avaient introduits dans une sorte de jardin des délices créoles, mais également mis en présence d'une activité pleine de potentialités qu'il était urgent de développer et d'exploiter à grande échelle.

— Mais que feras-tu de tous ces produits, demanda André, si tu n'as pas fait au préalable une étude de marché ?

— Tu as eu l'excellente idée de présenter sous une nouvelle forme les produits antillais, mais leur prix de vente reste élevé ; cela veut dire que les coûts de production gagneraient à être révisés à la baisse.

A entendre toutes ces remarques qui fusaient de la bouche de leurs visiteurs, comme s'ils avaient été des spécialistes en marketing, Patrick et Sylviane eurent l'impression que ces derniers étaient prêts à se reconvertir, parce que convaincus des perspectives d'expansion de la petite industrie des Charmettes.

Leur regard illumnié de désir, rayonnant de l'appel du profit, faisait penser à ces chercheurs d'or prêts à tout abandonner pour tenir en main une pioche de terrassier à la recherche des strates d'une terre aurifère, riche en pépites.

Entre-temps, le soleil disparu, le chant des grillons s'était emparé de l'obscurité naissante de la nuit. La sonnerie du téléphone mit fin à cette fructueuse et savoureuse rencontre, au propre et au figuré. C'était la princesse régente, qui relayant l'inquiétude de ses filles, se demandait si leurs maris avaient déjà quitté les hauteurs du Gros Morne.

A la vérité, une autre raison se cachait derrière cette sonnerie. Maman Annette souhaitait tuer dans l'œuf toute tentative de rapprochement de ses gendres avec ces campagnards qui n'avaient pas ses faveurs. Ils en tireraient selon elle — Sylviane en particulier —, un prestige qui ne pourrait que l'irriter. Et de toutes manières, elle n'admettait aucune transgression de ses interdits.

De retour à Didier, nos deux touristes, les bras chargés de présents, purent à loisir commenter ce qu'ils avaient vu, entendu, bu, palpé, mangé, goûté. Les échantillons qu'ils s'étaient vu offrir venaient étayer les explications qu'ils restituaient partiellement, n'ayant pu tout retenir. Ils emportèrent de leur visite un enthousiasme perceptible à la chaleur de leur propos, qui vint mourir comme une vague, sur le rivage de l'indifférence familiale. Seules, Chantal et Geneviève, ne vivant pas à la Martinique, voulurent explorer du palais quelques-unes de ces curiosités culinaires que leur vantaient leurs maris. Ces derniers s'aperçurent que M. et Mme Namer étaient loin de partager cet enthousiasme ; à peine s'ils vinrent avec quelque réticence jeter un regard furtif pardessus la boîte de carton où s'entassaient petits bocaux, fruits confits en papillottes, bouteilles de sirop, pâtes de banane...

C'était la première fois qu'ils découvraient les produits issus du hangar des Charmettes. N'ayant manifesté que peu d'intérêt pour les réalisations de leurs fils, celui-ci n'avait pas cru devoir leur en parler, ni même les leur montrer. Pour mettre un terme à ce déballage agro-alimentaire qui intensifiait sa gêne, Annette interrompit en disant :

— Tout cela est bien beau, mais il se fait tard. Les enfants ont sommeil, il faut les mettre au lit. Il y a une belle émission à la télé, si on la regardait ?

La boîte pleine de gourmandises fut emportée à la cuisine, sans autre forme de cérémonie, par la servante qui avait dressé la table autour de laquelle tout le monde devait prendre place en regardant la télé, en qui Annette avait trouvé un exutoire, car elle ne tenait pas à s'étendre sur les activités de Patrick.

Or, André et Jacques brûlaient justement d'envie d'en parler. Ils promirent de remettre la question sur le tapis le lendemain. Il leur fallut retarder leur petit interrogatoire car c'était jour de sortie pour belle-maman. Elle n'avait rien de bien spécial à faire à Fort-de-France à part une visite rituelle aux boutiques de luxe, pour être la première à découvrir l'article dernier cri ou pour simplement faire un brin de causette avec les gérantes qui s'honoraient de sa visite et accouraient au-devant d'elle dès qu'elle paraissait à l'embrasure de la porte d'entrée du magasin.

Ce jour-là, les gérantes empressées attendirent vainement sa visite car Annette, voulant combler de gâteries ses petits-enfants, préféra diriger ses pas vers un magasin de jouets où elle put trouver tout ce qui plairait à

Stéphane et Didier : bicyclettes, trottinettes, brouettes, pelles et seaux. En quittant ce magasin son attention se fixa sur la vitrine d'un confiseur renommé parce que dépositaire des produits d'une célèbre maison parisienne installée place de la Madeleine. « Et si je ramenais à la maison une de ces belles boîtes de pâtes de fruits ? » se dit-elle. En un éclair, elle comprit que cette boîte pourrait opérer un miracle. Tout dans sa présentation flattait le regard : sur le couvercle, d'habiles reproductions des tableaux de Watteau et de Fragonard étalaient les fastes champêtres des fêtes galantes du XVIIIe siècle. Les rangées de ces fruits multicolores, enrobés de sucre candi et délicatement enchâssés dans des alvéoles en papier sulfurisé jaune d'or, sortiraient largement avantagés de la comparaison avec le « bricolage confiturier » de Patrick. Il fallait coûte que coûte détourner l'intérêt de ses gendres de ce qu'ils avaient découvert au Glottin, et elle comptait sur la présentation luxueuse d'un produit parisien pour évincer de leur mémoire l'aspect grossier et rustique des compositions qui avaient vu le jour sous le hangar de Patrick.

Ce postulat étant posé, elle acheta une demi-douzaine de boîtes à la Watteau et à la Fragonard, avec la certitude qu'elle allait remporter une éclatante victoire sur ce trublion de Patrick.

Si Stéphane et Didier enfourchèrent leur vélo comme de lestes cavaliers avides de montures, les « Watteau et Fragonard » par contre lui attirèrent des remerciements à la limite de l'impolitesse du genre :

— Oh, nous avons déjà tellement de ces fruits confits, lâcha Jacques avec désinvolture. Notre confiseur, à Neuilly, en reçoit de superbes chaque année.

André surenchérit :

— Les confiseries de Patrick seront aussi bonnes,

sinon meilleures le jour où il arrivera à les commercialiser à grande échelle.

Visiblement perturbée par la remarque de son gendre cadet, Annette s'en voulut d'avoir commis une si monumentale maladresse ! Elle, qui pensait avoir bien manœuvré pour sortir « les Charmettes » des préoccupations des estivants, avait au contraire provoqué un regain d'intérêt pour le hangar de tôle ondulée et le verger du Glottin.

Elle en voulait à ses gendres de déjouer ainsi ses plans mais elle n'osait le dire ouvertement, espérant bien trouver d'autres artifices pour étouffer ce sujet. Elle avait, en cachette, intimé l'ordre à ses filles de ne pas intervenir dans les débats, et même d'en dévier le cours.

Mais c'était sous-estimer la tenace curiosité de ces « Français de France », désireux avant tout de s'informer, de découvrir pour mieux comprendre. Alors, à chacun des repas à table, Annette devenait la cible de questions pressantes et quelquefois embarrassantes. Elle était seule à subir le feu roulant de ces questions, car son époux, retenu par ses consultations au cabinet et à domicile, rentrait à une heure fort tardive le soir.

— ... Mais ils ont déjà un début de rendement fort prometteur, affirmait Jacques.

— Peut-être, reprit Annette, mais ils ne savent pas vendre ce qu'ils font, les sauvages ne savent pas sortir de leur coquille.

— Oh ! mais s'ils étaient si grognons et sauvages, ils mettraient à la porte tous ceux qu'attirent leurs performances, la presse notamment, rétorqua André.

— Oui, mais la femme étant une intrigante, elle doit s'y prendre fort mal ; — Annette était à court d'arguments.

— S'ils ont déjà quelques petits points de vente,

renchérit Jacques, c'est qu'ils ne se débrouillent pas si mal.

— Je ne sais, reprit la belle-mère, avec un sourire de Mona Lisa, prête à éclater en larmes et retenant mal son agacement.

— Je pense plutôt qu'ils gagneraient à être aidés par l'apport de quelques capitaux, insista Jacques.

— Là encore, je ne puis rien dire, ils ne nous ont jamais rien demandé, prétendit Annette, soulagée d'avoir enfin trouvé la bonne réplique.

Pendant toute la durée de ce débat soutenu, les produits des Charmettes avaient fait leur réapparition sur la table, au moment du dessert, évinçant du même coup « Watteau et Fragonard ».

A la faveur de cette conversation, plusieurs faits avaient sauté aux yeux des gendres : l'embarras de leur belle-mère ; sa parfaite ignorance des activités de son fils que — la main sur le cœur, foi de bois — elle prétendait aimer tout autant que ses filles ; les contradictions dans lesquelles elle s'empêtrait ; les arguments psycho-affectifs qu'elle opposait à leurs questions ayant trait à la technique ou au commerce ; l'inimitié à peine voilée qu'elle vouait à sa belle-fille... Tout cela leur donnait l'image d'une femme qui refusait de voir la réalité en face, préférant s'enfermer dans un dédale d'impressions fugaces, de jugements contestables qui tendaient à éviter l'épreuve des faits. Mais ce qui avait surtout retenu leur attention, c'était cette phrase : « Ils ne nous ont jamais rien demandé. » Ils ne purent s'empêcher de la mettre en regard des initiatives dispendieuses que prenait la belle-mère dans leurs appartements de Neuilly. Ils ne comprenaient pas qu'un amour maternel, qui se proclamait impartial, pût éviter de se porter spontanément sur les potentialités créatrices d'un fils qui ne demandait qu'à les concrétiser. Pourquoi eux, chômeurs — et pour combien de temps ? — faisaient-ils l'objet de tant d'attentions par-delà 7 000 km, alors que tout près, les prémices d'une entreprise d'avenir était littéralement étouffées ? Ils avaient flairé derrière une cuirasse d'autorité un être vulnérable.

Annette avait appelé son mari à la rescousse pour faire front. Gustave, en effet, n'avait-il pas réponse à tout ? Il ne tarderait pas à ramener ses gendres à des préoccupations moins sacrilèges. Le dimanche suivant, le mari et la femme attendaient de pied ferme, et avec le sourire, ces petits insolents qui avaient mieux à faire que de s'inquiéter des équations chimiques des Charmettes.

Mais la semaine d'après, les gendres n'avaient toujours pas désarmé.

— Ah, si nous allions faire une promenade du côté du Glottin ? lança l'un d'eux.

— C'est dommage, j'avais déjà programmé une promenade en bateau, dit Gustave, la mine un peu déçue.

— Tant pis, ce sera pour une prochaine fois, répondirent-ils.

Et, histoire de taquiner gentiment beau-papa et belle-maman :

— Les tablettes de coco sont délicieuses, j'en achèterais une tonne à Patrick.

— Il y a mieux que cela, dit Gustave.

— Les cerises glacées de chez Choffon, par exemple ?

La détermination moqueuse d'André fit fondre comme beurre au soleil la détermination du beau-père qui préféra ne pas lui résister et battre en retraite.

Le lendemain, nouvelle offensive de questions insidieuses et perfides, contre Annette qui, seule à ce moment, s'appliquait à faire manger ses petits-fils. L'un d'eux faisait des caprices devant une assiettée de purée de pommes de terre.

— Mangez donc, gronda son père ! dépêchez-vous. C'est une crème de fruit à pain ; vous ne mangerez pas quelque chose d'aussi bon quand nous reviendrons à Neuilly.

Ce ton persifleur était manifestement destiné à la grand-mère. Elle s'en trouva ébranlée et ne dit mot. Geneviève qui avait de loin assisté à la scène accourut et chuchota à l'oreille de son mari :

— Ecoute, arrête ! tu exagères ; cesse de contrarier maman de la sorte.

Mais loin de s'arrêter, l'escalade des taquineries se poursuivit de plus belle ; les « Neuillissois » à qui on apportait la becquée souffraient — peut-être inconsciemment — d'être sans cesse materné. Etaient-ils en proie à un complexe de castration ? Il arrive parfois que les enfants gâtés lancent des ruades à leurs bienfaiteurs.

Lorsque, le lendemain, au dîner, la servante apporta au dessert des coupes fraîches de salade de fruits en boîte, comme dessert, on entendit la remarque :

— Ah ! décidément ! encore une conserve. Si nous l'avions su, nous serions allés chercher de beaux fruits bien pulpeux aux Charmettes !

La causticité dans le persiflage était visiblement montée de plus d'un cran. Chantal lança un violent coup de pied en direction de son mari, l'auteur de cette remarque, mais c'est la reine mère qui le reçut de plein fouet. Elle en perdit connaissance. On l'amena dans le petit boudoir attenant à la salle à manger.

Son piédestal venait de vaciller, elle fut prise de vertige en voyant basculer tout son univers. Elle ne songea nullement à faire usage de la colère pour reprendre le dessus, ce qui eût été tout à fait concevable avec sa bru. Mais en face des têtes blondes de ses gendres, seule la capitulation lui offrait une porte de sortie. Piétinée sous son propre toit, soumise à un interrogatoire implacable, la princesse régente se garda de se confier à son époux, et prétendit souffrir d'une migraine précédent l'offensive d'une grippe. Chantal et Geneviève gardèrent le silence.

Pour se donner une contenance, la reine mère qui, avec son rétablissement, avait recouvré son habilité à se confectionner des masques, voulut se donner une image de Madone incomprise et injustement accusée. Elle tenta de faire venir à Didier les Gros Mornais, et d'organiser ainsi un rassemblement qui la laverait des accusations de ségrégation portées contre elle. Elle était persuadée qu'une démonstration aussi ponctuelle fût-elle, pouvait défaire une réputation qui s'était forgée par accumulation d'une multitude de faits. Mais la Gros-Mornaise des Charmettes, toujours méfiante à l'égard des tractations souterraines de sa belle-mère, ne se présenta pas. Elle avait définitivement pris le parti de se soustraire à ce jeu de grimaces, dont elle avait été jusque-là une victime. Annette essuyait là son deuxième échec dans sa tentative de donner le change. La mécanique était usée, les rouages grinçaient de toutes parts.

CHAPITRE XXVI

Quelques années passèrent...

Ces vacances avaient jeté un froid dans les relations jusque-là si étroites, entre Neuilly et la route de Didier. Certes, les prodigalités et libéralités qui s'exerçaient en faveur de cette chic banlieue parisienne n'en furent pas affectées ; mais l'omniprésence maternelle au foyer des deux jeunes couples cessa. On lui substitua une expédition de photos souvenirs. Annette avait été très sérieusement malmenée par les sarcasmes de ses gendres. Elle comptait sur le temps pour panser les blessures que lui avaient laissées les flèches acérées de leurs plaisanteries.

Entre-temps, Jacques et André avaient trouvé du travail, ce qui leur valut une autonomie relative à l'égard de la famille nourricière. Leurs très longues recherches avaient enfin été couronnées de succès.

On était à la fin de novembre. Stéphane avait maintenant six ans. A l'occasion de son anniversaire, sa maman offrit un goûter à ses petits camarades. Les petites filles, plus sages, feuilletaient, assises sur un divan l'album de famille à propos duquel le cousin Didier, plus bavard, donnait les explications que réclamaient les petites curieuses. Soudain, le doigt de l'une d'elles s'arrêta sur une silhouette filiforme, la tête enfouie sous une épaisse calotte de cheveux blancs. On eût dit un Don Quichotte noir dont la maigreur accusée tranchait avec les autres visages et corpulences arrondies sur la même photo. Ce contraste ne put laisser indifférent le petit groupe d'enfants.

— Mais c'est qui, ce masque ? interrogea intriguée l'une de ses petites.

— C'est mon papy Gustave qui est resté à la Martinique, tonitrua le turbulent cousin Didier.

— Oh ! Il n'est pas beau, il est tout marron. Il me fait peur, j'ai peur des masques, lança-t-elle.

Les seuls mots de « peur » et de « masque » suffirent à exciter la curiosité de ceux des garçons qui se trouvaient non loin des examinatrices de l'album. Toute cette marmaille allait se ruer sur l'album de souvenirs quand la maman de Stéphane le saisit en disant :

— Je vous le redonnerai quand vous serez plus sages.

Le lendemain, dans la cour de récréation, un invité de la veille entonna une sorte de ritournelle bientôt reprise en chœur :

Le papy de Stéphane est un masque,
Le papy de Stéphane est marron.

Stéphane fondit en larmes, et en rentrant à la maison, il relata ce qui s'était passé. L'incident immédiatement téléphoné, offensa cruellement la grand-mère ; elle accepta mal l'esprit gouailleur des petits écoliers. Elle en fit part au grand-père qui resta médusé. Une sorte de torpeur les envahit tous les deux.

Ils s'apprêtaient à passer Noël à Neuilly quand ils eurent le vague pressentiment qu'il valait mieux renoncer à ce projet et attendre des jours meilleurs. Ils n'avaient pas tort car Jacques, le père de Stéphane, souhaitait vivement ne pas avoir à subir la présence de ce grand-père dont l'image avait été la cause d'un traumatisme chez son fils. Il pria donc son épouse de les dissuader d'entreprendre ce voyage. Chantal s'acquitta de cette tâche en y mettant les formes, ou plus exactement avec un prétexte qui ne pouvait anesthésier la sagacité de ses parents.

André Povrin, quant à lui, déclara tout net : « Nous fuirons Neuilly pour Bordeaux », message que Geneviève fut chargée de transmettre au couple Gustave Namer qui, saisi par la coïncidence frappante de ces deux prétextes, ne se fit plus aucune illusion sur l'intérêt que lui portaient les familles neuillissoises. Ils se virent ainsi tenus à l'écart de chez leurs filles comme s'ils avaient été des parasites ! Quel retournement de situation !

Gustave, déguisé malgré lui en Père Goriot [19] des tropiques, avait très mal pris les choses. L'univers de blancheur qu'il avait si patiemment construit autour de lui s'écroulait d'un seul tenant. Qu'était devenu le mirage de la maison des Fortebelle épiée du haut de son manguier ? Que n'eût-il embrassé une grande carrière à laquelle l'avaient prédisposé ses brillantes études ? Au lieu de cela, il avait préféré restreindre ses capacités, s'enfermer dans les limites d'un mimétisme sans lendemain, d'un conformisme frileux et anachronique. N'avait-il jamais su que l'humanité a besoin, pour avancer, de ces intelligences qui ont une vision à long terme ?

Et comme un malheur ne vient jamais seul, notre infortuné grand-père dut affronter, dans cet état d'effondrement affectif, les tracasseries administratives d'une fiscalité tâtillonne, avide de ses deniers ; et quand cette administration jette sur vous son dévolu, elle vous colle à la peau comme la tunique de Nessus.

Annette était devenue l'ombre d'elle-même. Désœuvrée, elle n'avait plus goût à rien. Sa vie lui semblait n'avoir plus de sens. Elle s'était imbibée des idées de son mari comme une éponge se gorge d'eau. A quoi cela avait-il servi ?

Vers qui pouvait-elle se tourner maintenant ? Son père, décédé depuis deux ans, ne pouvait plus lui sécher ses larmes. La Tante Damienne ? Remisée dans un foyer de retraite, et en état de sénilité avancée, elle ne lui aurait été d'aucun secours. Son frère Armand qui avait fait souche en région périgourdine, se souviendrait-il d'elle maintenant ? N'était-il pas devenu un étranger pour elle ? Quant à Nadiège et Florence, elles n'avaient pas pénétré tous les recoins de ce personnage à facettes. Les subtilités de ses grimaces et de ses masques leur avaient échappé.

La famille Paul-Henri, décimée par le temps, disloquée à cause de l'attitude d'Annette, était devenue finalement le seul univers dans lequel évoluait Gustave qui, pour sa part, avait depuis longtemps coupé tout contact avec sa famille dispersée probablement, elle aussi, aux quatre coins de France grâce aux voyages du Bumidom. Les deux époux, tels des mollusques, se recroquevillèrent dans leur coquille.

Englués dans leur matérialisme, obnubilés par un modèle qui n'avait plus cours, tiraillés entre ce qu'ils voulaient être et ce qu'ils étaient, ils avaient tous deux atteint cette inconsistance qui les avait coupés de la réalité. Ils s'étaient fabriqué un cocon de mensonges, emmurés dans un monde désuet dont ils voulaient reconstituer les prérogatives à leur profit. Mais c'est l'extravagance de leur imagination qui les avait fragilisés et fut à l'origine de leur malheur. Las de tout, ils ne voulurent plus voir personne. Ils n'osèrent pas se retourner vers le couple du Glottin par peur d'essuyer quelques rebuffades. Ils s'étiolèrent dans leur solitude à deux, traînant un lourd boulet fait d'un alliage de peur, de suffisance, d'orgueil et de singeries.

La chanson populaire s'empara de leur histoire, avec dérision.

NOTES

1. Décollage : boisson alcoolisée prise tôt le matin pour assurer un bon départ à la journée, d'où son nom. C'est en fait une mixture faite de rhum et de plantes diverses : menthe glaciale, anis, pelure de citron, vanille, cannelle avec adjonction facultative de sirop ou de sucre.

2. Clavius Marius : avocat, conseiller général, auteur du rapport sur les modalités d'application dans la colonie des lois sur la laïcité (cf. séance du Conseil général du 29 août 1882).

3. Blancs créoles surnommés «békés».

4. Arbre de la famille des myrtacées, comme les goyaviers. Nom scientifique : *barringtonia speciosa.*

5. Traduction : « Alors mon fils ! Quelles nouvelles ? »

6. Personnage du roman de Stendhal : *Le Rouge et le Noir.*

7. Boulettes de pâte brisée renfermant une farce faite avec de la viande de porc.

8. Généralement un punch, mais par extension, toute boisson servie à l'heure du départ.

9. Polytechnicien né à Saint-Pierre au XIXe siècle.

10. Petites tresses.

11. Jardin public à Fort-de-France.

12. Actes de sorcellerie.

13. Assistance médicale gratuite.

14. « Fiche que les nègres ont de mauvaise manières ! » C'est aussi le titre d'une chanson populaire.

15. Tampons de laine d'acier dont on se sert pour faire briller la batterie de cuisine en aluminium.

16. Appellation locale et humoristique d'une estafette dont la carrosserie a une forme légèrement arrondie.

17. Beignets de morue.

18. Expression qui signifie « être imbu de soi ».

19. *Le Père Goriot,* personnage et titre d'un roman de Balzac.

ACHEVÉ D'IMPRIMER
SUR LES PRESSES
DE L'IMPRIMERIE S.E.G.
33, RUE BÉRANGER
CHATILLON-SOUS-BAGNEUX

Numéro d'impression : 3983
Dépôt légal : mars 1988